止まない雨なんてなかった

絶望から立ち上がった
看護師の命と絆の物語

小栗由依
OGURI YUI

幻冬舎 MC

止まない雨なんてなかった

絶望から立ち上がった看護師の命と絆の物語

はじめに

あの日、私の母は自宅マンションの6階から飛び降り自殺を図りました。2009年9月15日の、9月にしては少し肌寒い夜のことです。

幸い、母は一命を取り留めたものの頸椎《けいつい》を骨折。首から下を生涯動かせない身体になりました。

私自身にとって、生涯忘れることのない絶望の一日になりました。

それまでも、私の人生はいわゆる〝幸せな人生〟とは縁遠いものでした。10代で離婚しシングルマザーとなり、暴力団員と知らずに同棲した相手からの度重なるDV、ヤミ金業者からの脅し……今日生き延びるためにはどうすればいいか考える毎日でした。それでも、前を向いて進むしかないと決意したのですが、ほどなくして、母がマンションから飛び降りたのです。

うつ病を患い精神的に不安定だった母は、「最愛の娘は良い子」という偶像に異常なほどとらわれていました。高校で不良少女になった娘を決して認めず、私の娘はそんな子ではない、何かの間違いだと学校に苦情を言いに行ったこともあります。そんな母を重荷に感じながらも、周囲となじめず孤立することが多かった私にとって、母の存在は何よりも大きく、認められたいと強く思っていました。

今思えば、母は私と共依存の関係にあったのでしょう。私より6歳年下の妹に対しては母親然としているのに、私に対してはまるで駄々っ子のように振る舞うのです。私が10代の頃から、母は路上で「死ぬ」と言って包丁を振り回し、歩道橋から身を投げるそぶりをするなどの奇行を繰り返していました。

母と私のいびつな関係は十数年も続きました。長い間母を支えてきた私も、母の奇行にはすっかり慣れてしまい、そこに少しの油断が生じていたのだと思います。29歳で今の夫と知り合い、「この人こそ最愛の人だ」と再婚を決意しそれを母に伝えたとき、母は死を決意してしまいました。愛する娘が突然遠いところに行ってしまうと絶望したのでしょう。

母がマンションの6階から飛び降りたとき、これまで何があろうとも、前向きに生きようとしてきた私は、とうとう心が折れてしまいました。最愛の人との出会いが、同時に最愛の母を追いつめてしまったという事実に心底打ちのめされ、初めて、もうすべてやめにしてしまいたい、この場から逃げ出したいと思い、現在の夫と2人の子どもと、住み慣れた地をあとにしたのです。

田舎暮らしがしたいという夫の意向でたどり着いたのは、人口約3000人の過疎の町。縁もゆかりもない私たちをやさしく迎え入れてくれた住民の方々と接するうちに、だんだんと心を取り戻すことができました。

過疎の町で暮らした5年間は、私にとって心のリハビリ期間でした。悲しいことはたくさんあった。だけど、そのたびにやさしく手を差し伸べてくれる人がいて、あらためて「人とのつながり」の大切さを再確認する時間となったのです。

人の温かさに触れ、多くの人に助けられた私だからこそ、その恩返しに、今度は私が誰かを助けたい、恩送りをしたいと強く考えるようになりました。と同時に、半身不随となった母の姿を見て、母を支えたいという思いが再び芽生え、医療の知識を持つことが自分にできる最善のことだと強く感じました。そう考えたときに自然と頭に浮かんだのが「看護師」という仕事です。そのとき私はすでに33歳でしたが、猛勉強のすえ看護師の資格を取り、41歳のとき理想の看護を実現するための会社を立ち上げることができました。現在は、利用者の心と対話し、誰一人取り残さない看護と介護を実践するため、医療福祉関連の複数の事業を展開しています。

今、自分の目の前に見えている現実がどんなにつらく厳しいものであっても、それを乗り越えるすべが必ずどこかに見つかるはずです。それを証明するため、本書では、私自身が経験した「心の死と再生の物語」をつづっていきます。どうか最後までお付き合いいただければと思います。

目次

第2章

シングルマザー
DVヤクザ男の子どもを身ごもり、生きるためにテレクラに手を出す

第3章 高級クラブのママ
人の心の隙間を埋める仕事で子どもを育てる日々

第4章

母の飛び降り自殺未遂
失意のどん底の中、一人の男性が私を救ってくれた

第5章

看護師の道へ

これまでに感じたことのない人とのつながりが
新たな人生を示してくれた

第6章 ナーシングホーム

すべての人が自分らしく過ごせる「みんなの居場所」開業へ

第7章　どんな絶望からでも立ち上がれる

第1章

グレた幼少期

私は日本人ではなく本当は韓国人、
父も実の父ではなく母の再婚相手だった

幼少期の最も古い記憶

45歳の今に至るまで、私は「過去は振り返らない」を信条に生きてきました。私が父の実子ではないとわかったこと、DV男に毎日暴力を振るわれてお金をむしり取られたこと、母が自殺を図ってマンションの6階から飛び降りたこと、豪雨水害で全財産が消失したこと……。そんな、忌まわしい過去、思い出したくない過去を絶対に蒸し返さないことで、私はなんとか精神のバランスを保ってきました。思い出したくない記憶を心の奥底に沈めて封印しなければ、私は前向きな気持ちで明日という日を迎えることができなかったのです。

しかし、そうした経験があったからこそ、人の痛みに寄り添うことができるようになり、介護施設の運営という今の仕事につながっているのかもしれないと考えることがあります。母との少々いびつな依存関係も現在の自分への布石になっていたのかもしれません。自分に起こった出来事すべてが今の自分を作っているのであれば、それを掘り起こし、消化することも大切なことではないかと思うようになりました。

私が覚えている最も古い記憶は、3歳か4歳の頃、母に連れられて祖母の家に遊びに行ったときのことです。当時、祖母（母の実母）は電車で20分ほどの隣町に住んでいて、母は月に一度祖母の家を訪れていました。そのとき、いつも不思議に思ったのは、行きと帰りで母の機嫌がまるで違っていたことです。行くときはいつも上機嫌で、電車の中でもいろいろな話を楽しそうにしてくれて、ときには売店でお菓子を買ってくれることもありました。ところが、祖母の家からの帰り道、母は常に不機嫌でイライラしていたのです。話しかけてくれないどころか、ほとんど私のほうを向いてくれません。手をつなごうとすると邪険に手を振り払われ、歩いている母に少しでも遅れると、「ちゃんとついてこないと、迷子になるよ！」などと怖い目で叱られました。行くときと帰るときとでは、まるで別人です。

そんなに古い記憶が残っているのも、子どもながらに母と祖母との不穏な関係性を感じ取っていたからだと思います。本来仲がいいはずのお母さんとおばあちゃんが、ぎくしゃくしている……。

　大人になるにつれて、母と祖母との異常な関係を私も理解するようになりました。母は祖母のことが大好きで、「お母さん（祖母）にかわいがってほしい」と子どもの頃からずっと願っていたようです。ところが、理由はわかりませんが、祖母は4人きょうだいの次女である母をあまり愛していなかったようです。母は「いつか自分のほうを振り向いてくれる」と、淡い期待を抱きつつ祖母に会いにいったのでしょう。しかし祖母に冷たい対応をされて、傷ついた母は幼い私を思いやる余裕もなく、毎回、むなしく帰路に就いたのだと思います。

　私の母は祖母より先に亡くなったのですが、祖母の発言に愕然《がくぜん》としたことがあります。母の葬儀の席で祖母はこんなことを言い出したのです。

「清美（母の名）もねえ、私より先に逝っちゃって……。でも私はリリー（かつての飼い犬）が死んだときのほうが悲しかったわ」

　家族がいる前で、この人はなんてことを言うのだろうと思いました。以前から薄々気づいてはいましたが、祖母にはおそらく、人として大切な何かが決定的に欠落していたのだと思います。こんな祖母に育てられた母が、祖母に愛されなかった分の愛情を父や私に強く求めるようになったのも、ある意味仕方のないことだったかもしれません。

母のしつけは厳しすぎる？

今思えば「嵐の前の静けさ」だったのですが、小学校時代の私は幸せでした。小学校時代に嫌な思い出はほとんどありません。私は母の言うことを何でもよく聞く良い子であり、良い子でいる限り、母と私の関係はきわめて良好でした。

母はいわゆる〝教育ママ〟でした。小学校低学年の頃から、宿題はもちろん、予習・復習も母にチェックされ、学校の成績は常に良かったと記憶しています。

母の勧めで学級委員にも毎学年、立候補していました。母に強く勧められて児童会の副会長も務めました。このほかにも母からの指示でバスケットボール・クラブに入部し、レギュラーとして活躍しました。母が私にクラブ活動をやらせたかったのは、学校の内申点を少しでも良くするためです。

授業参観には必ず母が出席しました。普段から身ぎれいでしたが、参観日には人一倍おしゃれな服装で現れ、クラスメートやその保護者の目を引く存在でした。「由依ちゃんのママ、いつもきれいね」と言われるのが、私もうれしかったのを覚えています。実際、私は母が19歳で産んだ子なので、母はクラスメートのどの母親よりも若く、美しかったと思います。

運動会のとき、母は毎年、重箱3段重ねのものすごく手の込んだお弁当を作ってきました。クラスメートたちは、「由依ちゃんのママ、お料理も上手なのね」と驚いていました。母は私にとって〝自慢の母〟であり、私も母にとっての〝自慢の娘〟になるよう、ずっと心がけていました。

ただ、小学校も高学年になると、「わが家は友達の家とは少し違う」と感じ始めました。友達はみんな午後6時過ぎまで遊べるのに、わが家は夏でも門限は午後5時で、1分でも過ぎるとひどく叱られます。友達みんなと楽しく遊んでいるときでも、いつも時間を気にしなければならず「どうして私だけ」と疑問に思うようになりました。

母が最も気にしていたのは、私のテストの成績です。100点満点が「当たり前」で、

80点以下だと母の前で正座させられ「どうして、こんな簡単な問題が解けないの？　なにやってるの！　もっとまじめに勉強しなさい！」と、5分以上厳しく叱責されました。

姿勢も厳しく矯正されました。家で勉強しているとき、背中が少しでも丸まっていると、「姿勢！」という母の厳しい声が飛んできます。そのたびに私はしゅっと背筋を伸ばすのですが、勉強に集中し始めると、いつの間にかまた背中が丸まっていきます。この注意を3回受けると、私は物差しで物理的に姿勢を矯正されることになります。家にあった長さ1メートルくらいの竹製の物差しを襟首から背中に挿入されるのです。

こうした一連の母の行動を通して、私は幼いながらも、母から大きな期待が寄せられていることを感じていました。理由はよくわかりませんでしたが、とにかく、母は私に「勉強ができて、委員会やクラブ活動でも活躍できる、賢くて元気で素直な良い子」になってほしいと考えていたのです。私は母が大好きだったので、その期待に応えたいと思いました。わが家の教育やしつけが、友達の家庭に比べて厳しすぎたとしても、それは私が期待どおりの人間へと成長するために必要な手順なのだと、自分自身を納得させることにしました。

ただし、頭では納得できても、私の身体は納得することができなかったようです。

小学生ながら帯状疱疹と乳腺炎に

小学5年生のとき、突然顔の左側がピリピリ痛みだし、やがて身体の左側の胸やお尻に赤い帯状のブツブツが現れました。母に連れられて近くの小児科を受診したところ、「帯状疱疹《ほうしん》」と診断されました。水痘（水ぼうそう）に一度かかって治癒後も水痘ウイルスが背中の神経節に終生残り続け、免疫機能が低下したときに発疹が現れる病気です。通常、発症率は50歳以上から高まるのですが、私は11歳で発症してしまったわけで、子どもの免疫機能を低下させてしまうほど、母から受けるストレスは大きかったのでしょう。

また、小学6年生のときには、片側の乳房にしこりのようなものができました。そのうち痛みやほてりも出てきました。恥ずかしくて母にはなかなか言い出せませんでしたが、ひょっとして悪い病気かもしれないと心配になり、勇気を出して母に告げ産婦人科へ行きました。診断結果は「乳腺炎」でした。そのとき診てくれた産婦人科の先生に「普通は40代のおばちゃんがなる病気だよ」と言われ、とても恥ずかしかったことを今でも覚えています。

私の小学校時代はこうして、スパルタ教育を受けながら過ぎていきました。

酒好きの両親に育てられて

私の家族に関する小学校時代の思い出で、色濃く残っているものがあります。それは、お酒に関する思い出です。

私の両親は大のお酒好きでした。父は週6日、午後11時過ぎまで宅配便ドライバーとして働いていたので、平日は自宅で晩酌することが多かったのですが、休日は一家4人で近所の居酒屋によく出かけていました。私と6歳年下の妹はその店でおにぎりや焼きそばなどの夕食を取り、午後8時過ぎには、飲み続ける両親を店に残し、妹を連れて帰宅していました。両親はその後2軒、3軒とはしご酒することが多かったように思います。

父も母も大酒飲みでしたが、酒乱というわけではなく飲み友達とワイワイ騒ぐ、楽しいお酒だったようです。とはいえ、母はしばしば泥酔してしまい、父をはじめ多くの飲み友達に迷惑をかけることになります。

その一方で、酔っ払っていないときの母は、相変わらず〝教育ママ〟でした。今思えば、「勉強のできる立派な大人になりなさい」という母の教えと、母自身の日頃の言動はまったく合致しないのですが、当時はこうした矛盾はあまり気になりませんでした。

地元の公立小学校から公立中学校に進学した私は、母の厳命どおり、内申書の点数を上げるためバスケットボール部に入部します。部活動のある日の門限は午後6時に緩和されました。

この頃から、母娘関係は少しずつ変化していきました。私が大人に近づくにつれて、「母娘」というより「姉妹」の関係に近づいていく感じでした。と同時に、時には母娘関係が逆転し、「私が母」で「母が娘」のように振る舞うことも出てきました。

不思議なのは私に対する母の態度と、6歳年下の妹に対する母の態度がまるで違っていることでした。私が中学校に入学する年に妹は小学校に入学しましたが、母は妹に対しては教育ママぶりをほとんど発揮せず、私のクラスメートのお母さんたちと何ら変わりのない、ごく普通のやさしい母親だったのです。

一方、私に対するときの母は、教育に関してはきわめて厳格でありながら、時には私の子どものように振る舞うことがありました。また、中学生の頃には私と一緒に出かけたがるようにもなりました。

当時の私は、妹とは扱いが異なることについて、単に自分が年上だから厳しく育てられているんだと思っていました。しかし、実はそうでなかったことが、中学3年生のときに明らかになります。

高校の志望校選びでも母の選択を押しつけられる

中学3年生になって、私は初めて母と意見が対立しました。それは高校受験の際の志望校選びの時です。

当時、私は学校の先生になりたかったので、ある教育大学の附属高校に進学したいと考えていましたが、母はその高校は自宅から遠すぎると選択に猛反対したのです。「通学に往復4時間もかかると通学途中事故や痴漢に遭遇するリスクが高まるし、毎日の帰宅時間が遅くなるのも心配」と主張しました。そして、母が志望校として選んだのは、自宅からほど近い商業高校でした。その高校なら、自宅から片道30分程度で通学でき、真面目な校風でも知られていました。中学校における私の成績なら、学校推薦で入学できるメリットもあります。

結局、最後は母に押し切られ、商業高校への進学が早々と決まりました。

ところが、推薦で高校進学が決まったあとの中学3年生の2月、私の人生を一変させる出来事が起こります。

お父さんは本当のお父さんじゃなかった!

あの日、私は昔の自分の写真を探していました。なかなか見つからず、整理ダンスの引き出しを一段一段外して調べ始めました。すると、偶然「戸籍謄本」と表書きされた茶封筒が出てきたのです。封は閉じられていません。表書きの文字にただならぬ雰囲気を感じ、つい好奇心にかられて中身を見てしまいました。

封筒には、私の戸籍謄本以外にも複数の書類が入っていました。そしてそれらに目を通すうちに、私はそれまで知らされていなかった家族の秘密を知ったのでした。

なんと父が本当の父ではないことがわかりました。母は別の男性と結婚し、私を出産した直後にその男性と離婚して、しばらくはシングルマザーとなり、私が3歳のときに今の父と再婚していたのです。私の妹が生まれたのは、その3年後。つまり、私と妹は父親が違うということになります。

また、母と私がもともと韓国人だったことも初めて知りました。母の旧姓は金（キム）で、母は日本に帰化していたのです。

こうした事実を知ったとき、私の心に最初に生まれた感情は「怒り」でした。生まれてから15年間（正確には再婚してから12年間）、父が実父でないという事実をずっと隠し続けてきたわけですから、そんな両親はもう信用できないと思いました。そして、裏切られた！　ずっとだまされていた！という負の感情が私の胸にどっと押し寄せてきました。言葉にすれば、こんな感じです。

「お父さんお母さんのために勉強も日常生活も言いつけどおりがんばってきたのに、その仕打ちがこれ？　もう絶対に良い子のふりなんかしない！」

この事実は墓場まで持っていくか、打ち明けるにしても、私が結婚して家庭を持つまでは伏せておこうと考えていたようです。大人になり、3人の子どもの母にもなった現在の私からすれば、両親の気持ちは理解できます。今のお父さんが本当のお父さんではないと私が知ったら、大きなショックを受けると思ったのでしょう。

本来なら、父に感謝すべきでした。本当の子どもではない私を、父は実子の妹と同様、分け隔てなくかわいがってくれていたのですから。

また、今なら母の苦しい心情もよくわかります。19歳でシングルマザーになった韓国人の母にとって、当時の日本社会はきわめて生きにくかったはずです。これはのちに聞いた話ですが、母は韓国人であることで、子どもの頃から周囲の日本人にいじめられてきたそうです。母には〝ヤンキー〟になるしか選択肢がなく、いわゆる不良行為の結果、19歳で私を産み、シングルマザーになることで、生活はさらに困窮していきました。学歴もなければ手に職もない母が、子育てしながら生活の糧を得るのは相当難しかったはずです。

そんな母を救ってくれたのが現在の父ですが、母は再婚するとき、連れ子という私の存在に大きな引け目を感じたようです。父にとって私はお荷物以外の何物でもないと心配したのでしょう。小中学校時代、母が私にだけ「良い子になること」を強要したのも、「連れ子が良い子でなければ、父に申し訳ない」という意識が働いたのかもしれません。

また、子ども時代からずっと虐げられてきた母は、劣等感とコンプレックスのかたまりでした。だからこそ「周囲から尊敬される優等生になる」という自身の夢を、自分に代わって娘に実現してほしいと強く思っていたようです。

母と私はある種の共依存の関係にあったと思います。

共依存というとマイナスなイメージでとらえられがちですが、私にとってプラスの面もありました。私が期待したとおりに行動すると、とても喜んでくれるので、母を喜ばせるために、いつしか期待どおりに行動することが私の喜びにもなっていったのです。そうするうちに、今何を期待しているのか、私が何をすれば喜んでくれるのかを、その場その場で瞬時に読み取ることができるようになりました。

この、相手のニーズを読み取るアンテナは、その後、私が実社会で生きていくうえでの大きな武器になりました。今、目の前にいる人は、私に何を期待しているのか。私が何をすれば喜ぶのか。それが瞬間瞬間に肌感覚でわかるので、今、目の前にいる人にとっての「理想的な自分」を相手に合わせ演じ分けられるようになったのです。

また、私に対する母の愛は、溺愛といってもいいほどの激しいもので、束縛が強く、息苦しく感じることが多かったのですが、今では、母に溺愛されたことは私自身にとって良いことだったと考えています。その後の人生で、私は心が折れそうなほどつらい体験を何度もしましたが、私が自己肯定感を失うことはほとんどありませんでした。どんな逆境に見舞われても、愛されたことによる自己肯定感が保たれていたのか、いちはやく立ち直ることができ、前向きに次の行動に移れたように思います。

大人になった今は、親子関係を冷静に分析できます。しかし、当時15歳だった私にそんな大人の対応などできるはずはありません。裏切られた！　だまされていた！という被害者意識のほうが強く、私の強烈な反抗期がここから始まるのです。

不良高校生になっても門限は午後5時

悪い子になった私は、その後着々と不良化していきます。ブリーチとカラーリングを繰り返していたので、髪の毛はいつの間にか白髪に近い金色になっていました。

ただ私の場合、不良になっても仲間と徒党を組んだりはしませんでした。通っていた高校に不良グループはいくつかありましたが、そのどのグループにも属さず、かといって敵対もせず、顔を合わせたら軽く挨拶する程度の関係を保っていました。今思えば絶対にしてはならないことなのですが、ドラッグストアでアイシャドーや口紅などの化粧品を大量に万引すると、自分一人では使い切れないので、不良グループの女の子たちに分けてあげたりしていました。

しかし驚くべきことに、これほどの不良になっても、母にとっての私はいまだに「いつまでもかわいい由依ちゃん」なのでした。

その一例が門限です。高校生になっても、門限は午後5時でした。こんなに早い時刻に設定されると、たとえ不良でなくても門限が守れるはずはありません。

ある日、午後5時を少し過ぎて自宅へ戻りました。自宅のカギは自分で持っているので、錠を開けて中へ入ろうとすると、チェーンロックが掛けられていました。不良の私は、怒りで思わずブチ切れました。

ふと脇を見ると、玄関ドアの隣にはいつものようにビールケースが積まれ、ビールの空き瓶が10本くらい入っていました。私はビールの空き瓶をつかみ、チェーンロックが掛かったドアの隙間から奥のリビングに向かって思い切り投げ入れました。

ガッシャーン！

ビール瓶の割れる音が玄関まで聞こえてきます。それでも、私の怒りは収まりません。私はケースにあった空き瓶を次々に家の中へ投げ込みました。

すると、その日はたまたま父も家にいたらしく、血相を変えて玄関まで飛んできました。

「由依ちゃん、もう、やめなさい！」

「うるさい！　本当のお父さんじゃないくせに、偉そうに言うな！」

言ったそばから後悔しましたが、もうあとの祭りです。父はとても悲しそうな顔をして、家の奥に戻っていきました。私もなぜか涙ぐんでしまい、もうそれ以上空き瓶を投げる元気もなく、そのまま友達の家に泊まりにいきました。

のちに母から聞いたのですが、あの日、父は寝室にこもって泣いていたそうです。

校長室に呼び出され、高校を自主退学することに

そんな私の高校生活は、2年生の9月、突然終了することになりました。夏休みが終わり、2学期が始まってしばらく経ったある日、学級担任の先生から私の自宅に電話が

かかってきました。「進路に関する相談で、保護者との三者面談を行いたい」という内容です。

面談当日、母が私の高校を訪ねていくと、なぜか校長室に案内されました。すると、思いもかけない展開が待っていました。校長先生が母と私に深々と頭を下げ、次のように切り出したのです。

「お母さん、率直に言います。由依さんに、本校を自主退学していただきたいのです。退学処分にするといろいろ面倒な問題が発生するので、ぜひ、自主退学という形でお願いします」

母は顔色が変わり、「一体、どういうことですか！」と、声を荒らげました。校長先生の説明では「吉村由依さんは本校始まって以来の手に負えない生徒であり、学校側もさまざまな指導法を試みましたがうまくいかず、このままでは生徒や先生方にも悪い影響が出てきてしまう」のだそうです。母が激高して叫びました。

「うちの由依ちゃんのどこが悪いの！　こんな変な学校は、こっちから辞めさせてもらいます！」

その瞬間、私の高校生活は終わりました。校長室から見える夏の終わりの青々とした空を見上げながら、途方に暮れました。

学校からの帰り道につらつら考えてみると、思い当たる出来事が2つありました。

ひとつは、高2の夏休みに、自宅近くのスナックでアルバイトをしたことです。知り合いに何度か連れていってもらううちに「夏休みの間だけ」とママに誘われ、時給が良かったのでOKしました。カウンターの中で、来店したお客さんの相手をする仕事です。私は大人びて見られたので、黙っていれば本当の年齢はお客さんにバレなかったと思うのですが、誰かが「スナック××では女子高校生を従業員として働かせている」と警察に通報し、警察官がスナックに事情聴取に来たり、私の母親にも警察から電話が入ったりして、結構な大ごとになってしまいました。おそらく高校にも連絡がいったのでしょう。

心当たりのあるもうひとつの出来事は、高2の1学期後半、音楽の授業で起きました。

その日は珍しく授業に出席していましたが、真面目に授業を受けるつもりはなく、何か歌を歌うのであれば、ストレス発散にいいかもくらいの気持ちでいました。ところがその日は日本語の歌詞の美しさについての講義が始まりました。私は退屈しのぎに机に手鏡を立てかけ、耳にピアスの穴を開けることにしました。裏側に消しゴムを当てて安全ピンを刺すという方法です。当時はそんなやり方がはやっていました。

まず、1つ目の穴を開けて血を拭き取り、2つ目の穴を開けて血を拭き取り、だんだん調子が出てきて、7つ目の穴を開けていたとき、それまで普通に授業を進めていた音楽の先生が、突然泣きながら音楽室から出ていってしまいました。私はたまたまいちばん前の席に座っていたので、私の様子が否応なく目に入り耳に穴を開ける行為が刺激的すぎたのか、あるいは私の不真面目な態度に我慢ならなかったのか、その日の音楽の授業は途中で終わりました。その日以来、その音楽の先生は「体調不良」を理由に学校に来なくなってしまったのです。名前はもう覚えていませんが、40代くらいの線の細い女性の先生でした。やさしそうな先生だったのに、本当に申し訳ないことをしました。

最初の結婚は17歳のとき

高2の9月に高校を中退した私は、行き場を失ってしまいました。もちろん無職で、高校入学以降は親からお小遣いはもらっていなかったので、自分で自由に使えるお金を得るためにはアルバイトで稼ぐしかありません。

そこで始めたのが、カラオケ居酒屋のホール係のアルバイトでした。スナックでアルバイトした経験があるので酔っ払ったお客さんへの接し方もわかっていたし、夜の時間帯のアルバイトのほうが時給が良かったので、何となくそのアルバイトを選んでしまいました。

その店で私は、最初の結婚相手と知り合います。彼は20歳のフリーターでした。私より3歳年上です。日本人離れした濃い顔をしたイケメンの部類に入る男子です。お互いに第一印象は最悪でした。向こうは私のことをやんちゃなヤンキー娘、私も彼をチャラくて中身のない男と見ていたのですが、たまたま同じシフトで何度か一緒に働いているうちに、いつの間にか仲良くなってしまいました。

結婚したのは、1997年の春か夏です。17歳で結婚したことになります。お互いにお金がなかったので結婚式は挙げず、戸籍のうえで入籍しただけなので、特に記念の写真も撮っていません。

まず考えなければならないのが住居でした。2人で暮らすマンションかアパートを借りたかったのですが、先立つものがありませんでした。

最終的に、カラオケ居酒屋を辞めて、寮のある名古屋近郊のパチンコ店に住み込みで働くことにしました。これなら2人だけで暮らせるし、同じ職場で働ければ、いつも一緒にいられます。パチンコ店の寮の部屋は狭かったけれど、新婚生活はそれなりに楽しかった記憶が残っています。

第2章

シングルマザー

ＤＶヤクザ男の子どもを身ごもり、
生きるためにテレクラに手を出す

みんなが喜んでくれた長女の誕生のあとで

名古屋近郊のパチンコ店に夫婦で働き始めて数カ月後、私たちは子どもを授かります。当時、私はまだ18歳。子宝に恵まれた喜びより不安のほうが大きかったと記憶しています。

第一子である長女が生まれたのは1998年11月10日、私が19歳の誕生日を迎える2週間ほど前でした。両親は初孫の誕生を喜んでくれ、夫も娘をかわいがってくれるので、結婚して良かった、子どもが生まれて良かった、これで私も人並みの幸せを手にすることができたと喜びました。

しかし、その喜びは2週間も続きませんでした。

産婦人科を退院して娘と実家に戻ってくると、パチンコ店の店長から電話が入りました。

「ご主人が店を辞めたので、夫婦寮の部屋はもう使えなくなったんだけど、これから住む部屋はあるのかな?」

驚いて、すぐに夫に電話をかけました。

しかし夫はのらりくらりと言い訳を重ね、寮に住めなくなってからは友達の家を泊まり歩いていたと言います。娘が誕生したばかりなのに、夫の言動はあまりに無責任で、あまりに不誠実でした。このときの会話で、夫への私の愛情は一気に冷めました。夫が頼りにならない以上、娘は私が全力で守っていかなければなりません。私は、夫に対する恨みつらみは封印して、なんとか生活を立て直す方法を考えました。

働こうとしないダメ夫を見限り、19歳で離婚

夫は仕事を辞めたあともいっこうに働こうとしませんでした。朝から晩まで近所のパチンコ店に入り浸り、日々浪費し続けていて「早く仕事を見つけてほしい」と頼んでも自分からは動こうとはしません。

とにかく日銭を稼がなければ、一家は餓死してしまいます。夫が働かないなら、自分が働くしかありません。私は腹をくくって、短時間でできるだけお金が稼げる仕事を探しました。そうなると、女性の場合はやはり水商売関係しかありません。見つけたのが、

派遣型コンパニオンのアルバイトでした。コンパニオン派遣会社に登録し、会社に指示されたスナックやラウンジ、パーティー会場などに出向いて接客サービスを行い、帰りに事務所に寄って日払いでアルバイト料をもらいます。出産したばかりで体調はまだ本調子ではありませんが、1日3～4時間の仕事なので、その間は夫に娘の世話をお願いして、出産2カ月後から私が働きに出ることにしました。

ただ、私としてはどうにも納得がいきません。自分が働いて娘を食べさせるのは、親だから当然のことですが、自分の意思で「働かない」ことを選択し、毎日パチンコばかりしている夫まで食べさせてあげる義務はありません。それでも娘には父親が必要だと思って、婚姻関係を続けましたが、もう限界です。離婚話を切り出したものの、のらりくらりと話をはぐらかされ、事態は先に進みませんでした。

私は実力行使に出ることにしました。ある日、実家の父に「離婚してこの家を出るから、明日荷物を引き取りに来てほしい」とお願いし、翌日の朝、父に自家用トラックで迎えにきてもらいました。夫は狼狽し、トイレに閉じこもったまま出てきません。父は少し拍子抜けしたようでしたが、私は荷物の積み込みを父に頼み、娘を抱いてトラックに乗り込みます。こうして夫婦の生活は急転直下に終わりを告げました。わずか1年ちょっとの短い結婚生活でした。娘は私が引き取り育てることになりましたが、夫には慰謝料も養育費も請求していません。どうせ払えないに決まっているからです。

夫と離婚して数年後、風の便りに「元夫がホストクラブで働いている」という話を聞きました。友人と2人でその店に行ってみると、実際にそこで働いていたので、彼を指名し、散々飲み食いしたあと、すべてツケにしました。彼は文句もいわずに払ったようです。慰謝料や養育費には全然足りない金額でしたが、私の中ではこれで元夫との関係にいちおうのケジメを付けた形になりました。

20歳でキャバ嬢になり、21歳でクラブホステスに

20歳の春にシングルマザーになった私は、とにかく子どもを育てていくためにお金を稼がなければなりません。しかし高校中退で手に職もない20歳の女性が働ける職場は限られています。

結局、出産直後に働いていた派遣コンパニオン時代の知人の紹介で、名古屋の繁華街である錦のキャバクラで働くことにしました。こうして20歳でキャバ嬢（お店ではキャストといいます）になった私ですが、働き始めて1週間もしないうちに、これは長く続けられる仕事ではないと悟りました。一緒に働いているのはほぼ同年代の女の子たちでしたが、彼女たちの〝ノリ〟についていけなかったのです。

その当時、キャバクラでのキャバ嬢の使命は、お客さんにボトルを入れてもらうことと、自分の分のドリンクをお客さんにできるだけ多く注文してもらうことでした。そのため、今あるボトルを早くカラにしようと、多くの女の子がワイワイ騒ぎながら調子に乗って焼酎やウイスキーを次々と一気飲みしていました。毎日あんな飲み方をしていたら、そのうち身体を壊すに決まっています。お客さんも若い人が多く、女の子と一緒になってがんがん飲むのが常。とにかく、毎晩騒いで大量に飲んで、飲ませて、みんなで千鳥足で帰るというのが当たり前の日常でした。その頃、私はまだ20歳でしたが、こんな生活は続けられないと早々に辞めました。

次に選んだ仕事は、高級クラブのクラブホステスです。

キャバクラ時代、お店の営業終了後にお客さんに連れられて同じ錦にある高級クラブに行ったことがありました。そのお店は、内装も、雰囲気も、客層も、私が勤めているキャバクラとは決定的に違います。高級感漂うお店の雰囲気にただただ圧倒されていると「こういうお店は初めて？」とママさんが声をかけてくれ、世間知らずの私に「クラブとはなんぞや」を丁寧に説明してくれました。そのママさんとは連絡先を交換し、あとあといろいろと相談に乗ってもらえる仲になりました。

私はキャバクラで働き始めたとき、当たり前の幸せな人生からはドロップアウトしてしまったものの、自暴自棄にはならず、不思議と自己肯定感や自分を大切に思う気持ちは持つことができていました。

普通の人生の道からは外れても、自分が幸せに生きる道はあるはずだと思いました。普通とは別の道を歩くのなら、この道で大成できる方法を考えればよいのでは、と考えたのです。

私が勤めていたキャバクラは、セット料金1万円で飲める店でしたが、そのクラブは座っただけで席料2万5000円という高級店でした。キャバクラのお客さんは普通の若いサラリーマンが多いのですが、クラブに飲みに来るのは会社の社長さんや一流企業の重役クラス、医師や弁護士などでした。そんな人たちとごく親しく話せるのですから、私の知らなかった世界の話も聞けるし、知識や教養が身につき、会話術や接客術を学ぶこともできます。加えて、キャバクラのように無茶なお酒の飲み方もしないので、ある意味、健康的でもあります。

私はクラブホステスになって、夜の世界でもっと上を目指そう、と決意しました。キャバクラは半年で辞め、新たにママの店で働くことになりました。キャバクラの寮には住めないため、名古屋市にある公団住宅に入居し、新たな生活を始めました。私が21歳、娘が2歳のときです。

心の病を克服するために母が居酒屋を開業

一方、私が中学生の頃までは厳格な「教育ママ」だった母は、その後、長年にわたり、精神的に不安定な状態に陥っていました。睡眠薬を大量に服用したり、リストカットをしたりと、自殺未遂を何度も繰り返していたのです。きっかけは、母が30代半ばの頃（当時、私は中学生）に患った婦人科の病気です。体内のホルモンバランスが崩れ、気分的に塞ぎがちな日々が続き、そこから少しずつ抑うつ状態が進行していったのでした。

母が心療内科や精神・神経科のクリニックをたびたび受診していたことは私も知っていました。受診するたびに向精神薬を処方されたようですが、決められた用法・用量を守らないどころか、大好きなお酒とチャンポンにして飲んでいたので、薬が効かないとか、副作用も結構あったのではと思います。

私との母子関係も、母の病気に大きく影響していたようです。私の小中学校時代、母と私は共依存の関係でしたが、私が高校で不良になり、家にもあまり帰らないようになると、母は大きな喪失感を抱き、精神の不安定化につながっていったと想定されます。

ある精神科クリニックの先生は、母を「燃え尽き症候群」と診断し、本人が心から真剣に取り組めるものを新たに見つけることができれば、毎日の生活にも張りが生まれ、精神も良い状態で安定する可能性があると父にアドバイスしました。

そこで父は母に居酒屋をやってみてはどうかと提案しました。母はお酒が好きで、料理を作るのも食べるのも好きで、気の合う仲間とおしゃべりすることも大好きでした。好きなことを仕事にして、それでお金を稼ぐことができれば、母も生きがいを取り戻し、毎日生き生きと楽しく暮らせるようになるのでは、と父は考えたようです。

母が名古屋市中村区で居酒屋「わがままキッチン」をオープンさせたのは2000年のことでした。開業資金の多くは金融機関から融資を受け、金融機関、不動産業者、区役所や消防署など関係機関との交渉は、母に代わって父が一手に引き受けました。

高級クラブでは着物姿でセルフブランディングを目指す

高級クラブでホステスとして働いていた当時21歳の私はお店でいちばん若く、露出度の高い服を着ることでお客さんの注目を集めることができました。つかみはOKなわけですが、そこから先が続きません。私を指名してくれる常連さんがなかなか付かないのです。夜の世界で大成するために、自分を磨き、自分を高めていこうと思っていたものの、どうすればいいのかわかりません。

答えはすぐ近くにありました。先輩ホステスの一人・Xさんは当時35歳くらいで、着物姿の気品あふれる凜としたたたずまいはお店でも異彩を放っていました。そんなXさんを見ていて、私はふと思いました。この着物をいちばん若い私が着こなしたらどうなるだろう。背中の大きく開いたセクシーなドレス姿の女の子より、きちんと着物を着こなしている女の子のほうが、紳士的な良いお客さんが寄ってくるのではないかと考えたのです。

そこである日、思い切ってXさんに着物の着付けについて聞いてみると「着物を一式そろえることができれば、いつでも着付けを教えてあげる」と約束してくれました。早速、着物一式をそろえよう！と決めました。着物を着るのであれば、安っぽい品物は買いたくありません。目的はあくまでセルフブランディングなので、それなりにいいものとなると、最低でも一式50万円くらいはかかりそうです。

クラブで働き始めたばかりの私に、もちろんそんな蓄えはありません。子どもを夜間預かってくれる保育所の料金や家賃もあるし、紙おむつなど日々の生活費もかかります。夜の世界の女の子なら、普通はお客さんに「〇〇が欲しいな」とおねだりするところでしょう。しかし、おねだりだけは絶対にダメだと直感的に思いました。それは自分を安売りすることであり、それは私が考えた「夜の世界で大成する」ストーリーとは矛盾します。

信じて努力すれば、応援してくれるお客さんが現れる

私はクラブホステスとして万人受けするタイプではありませんが、「この子でなければ」と思ってくれるお客さんを一定数見つけることが強みになるのではと考えていました。例えば「週に一度くらいは食事したい」というお客さんを5人作れば、毎日違うお客さんと同伴出勤でき、同伴手当を得ることができるわけです。

クラブホステスの仕事を始めて、自分には接客業に向いている2つの能力があるかもしれないと思いました。一つは、私に好意を抱いてくれるかどうかを嗅ぎ分ける嗅覚です。そしてもう一つが、相手に合わせて変幻自在に自分を変えることのできる力です。その2つで、相手のニーズや要望に合わせて、柔軟に対応することができます。

「学歴もないし、専門的な技能もないし、コネもない。そんな私がシングルマザーとして幼い子どもを大学に行かせるまで立派に育てていくには、水商売しかない。ただ生活のために働くだけでは惰性になってしまう。どうせやるのなら目標を持とう。この夜の世界で成功するしかない。私にとっての成功とは、この名古屋　の歓楽街である錦で自分のお店を持つことである。そのためには、みんなと同じことをやっていてはダメで、自分自身を磨き、高めていかなければならない。成功への第一歩は、まず着物の着付けを完璧にマスターして、毎日着物姿でお店に出ること。高級感を漂わせつつお高くとまるのではなく、素朴な部分を垣間見せる。話し上手よりも聞き上手。疲れた男性をともに過ごす時間で癒す。若い自分が毎日着物を着続ける理由は将来自分のお店を持つという夢があるから。」

私の頭の中にはこうしたストーリーが出来上がっていました。

私は好意を抱いてくれていそうなお客さんにそれを真剣に語りました。聞き流すお客さんもいましたが、中には最後まで真剣に聞いてくれるお客さんもいました。そして数カ月後「そこまで真剣に考えているなら、応援してやる」と言ってくれるお客さんが数人現れたのです。自分の想いを熱く語り続けることで、コアなファンが現れ、結果として実利を得るという体験をしました。最初は自信が持てなかったのですが、信じて努力し続ければ願いはかなうものなんだと思いました。

母にイケメン青年実業家を紹介される

母がオープンした居酒屋「わがままキッチン」は、幸いにも好調な滑り出しでした。実際、母の料理はおいしく、料金もリーズナブルだったので、地元の人たちからもすぐに受け入れられたようです。元来、酒好きでしゃべり好きの母は、同じ雑居ビルに入っているバーやスナックなど他の飲み屋の従業員とも仲良しになり、スナックの女の子たちがお客さんと同伴出勤する前の食事に母の店を使ってくれたり、早めに終わったお店のスタッフが飲みに来てくれたりもしました。店の経営者兼調理担当が母で、父も空いている時間にホール係兼カラオケ担当などとして手伝っていました。

店を始めて1年くらい経った頃、由依ちゃんにぜひ会わせたいお客さんがいると、母が急に言い出しました。月に2~3回飲みに来る常連さんで、イケメンの青年実業家だといいます。見た目はかっこいいし、話は面白いし、お酒の飲みっぷりもいいし、金払いもいいし、性格も良さそうだと。

「まだ独身なんだって。由依ちゃんは前の旦那と離婚してから、決まった彼氏はいないんでしょ? 一度会ってみたら?」

そう熱心に母に勧められて、日時を決めて母の「わがままキッチン」で会ったのが、のちに私が付き合うことになる青年実業家のYさんでした。

会ってみると、私より12歳年上の33歳ですが、見た目は実年齢よりずっと若く、服の着こなしもおしゃれだし、人の気をそらさない会話術も身につけていました。いかにも女性の扱いに慣れている感じで、さぞモテるだろうと思わせる男性です。母が私に会わせたがるのもわかる気がしました。

とはいえ、いくら外見がすてきで、かつ弁舌さわやかだからといって、それだけで心がときめくことはなく、その日は、母の紹介で会った手前、お互いに連絡先を交換して別れました。数日後、その青年実業家から私に電話がかかってきました。「今、錦の近くに来たから、遅い晩飯でもどう?」と誘われ、待ち合わせて食事することに。2度目に会ったときも初対面のときと印象は変わらず、さわやかで話の面白いイケメンでした。

2軒目はバーに誘われ、そこで「本当に彼氏いないの?」と聞かれ、本当ですと答えると、「じゃあ、おまえ、今日からオレの彼女ね」と宣言され、その日から本当に青年実業家の彼女になってしまいました。ところが、この自称青年実業家は、実はとんでもなく危ない男だったのです。

半同棲相手は暴力団の構成員だった

青年実業家と付き合い始めたといっても、デートはせいぜい週に1~2回、仕事終わりに食事したり、飲みにいったりするくらいでした。初めの1~2カ月はそんなごく穏やかな関係が続いていました。ところが、付き合い始めて3カ月ほど経つと、彼は少しずつ本性を現し始めます。

その当時、クラブ勤めを始めた当初に移り住んだ公団住宅から、職場がある錦にもう少し近い賃貸マンションに引っ越していたのですが、その部屋に彼が転がり込んできたのです。

最初は私の娘の顔が見たいと懇願されたのがきっかけでした。まあ、一度くらい会わせてもいいかと、実業家を自宅に連れて帰ったのが運の尽きです。それからときどき泊まりに来るようになり、いつの間にか彼の荷物が増え、気がつくと半同棲のような形で、週の半分以上はわが家で過ごすようになっていました。

しばらくしてから、ある事件が起こります。その日、私は店をお休みして自宅マンションにいたのですが、日付が変わろうとする時間帯に、彼が上半身血まみれの状態で帰ってきたのです。私はすっかり気が動転してしまい、すぐに救急車を呼ぼうとすると、彼は私からケータイを奪い取り「絶対にどこにも掛けるな」と恐ろしい顔ですごむのです。「自分をケガさせたのは同じ組の兄貴分だから、病院にも警察にも知られるわけにはいかない」と。「なに？　組？　兄貴分？」。私は思考停止状態に陥りながらも、とにかく出血を止めなくてはと思い、どこをケガしたのかと聞くと、兄貴に日本刀で頭を切られたというのです。日本刀？　頭髪で傷口がよく見えないので、髪の毛を少し切って見てみると、頭頂に近い部分の頭皮が10センチくらいぱっくり割れていました。自宅にあったガーゼをたたんできつく押し当てると、とりあえず出血は止まりましたが、ガーゼを押さえる力を少しでも緩めると、またじわじわと出血してきます。結局、その夜は一睡もできませんでした。その間、娘が起き出してこないか、ずっとひやひやしていました。まだ2歳の娘に、このような修羅場を見せるわけにはいきません。朝まで娘が起き出してこなかったことだけが、その日の唯一の救いでした。

この事件で、青年実業家の正体が明らかになりました。暴力団の構成員であり、本物のヤクザだったのです。彼の仕事（シノギ）はヤミ金の取り立てで、目上の兄貴分には毎月決まった上納金を納めなければならず、もし納められない場合は、兄貴分から殴られるそうです。この兄貴分はきわめて凶暴なので、ときには激高して日本刀を振り回すこともあると。本当は病院で何針か縫わなければならないほどの傷でしたが、病院から警察に連絡がいくと、兄貴分をチクった形になってそれこそもっと恐ろしい目に遭うので、絶対に自力で治さなければいけなかったというわけです。

暴力団の構成員は妻子持ちDV男だった

正体がバレてから、青年ヤクザは私に対する態度を一変させました。何か気に入らないことがあると、私に暴力を振るうようになったのです。殴るときは徹底して、グーパンチで顔面を殴ってきました。いちおう私の娘には気を使っているらしく、娘の見ている前では決して手荒なことはしませんでしたが、殴るとなれば容赦ありません。左まぶたの上をひどく殴られたときは、驚くほど大量に出血しました。しかし、私ももちろん病院へは行けません。見る人が見れば、殴られた傷だと一発でわかってしまうので、病院が警察に通報するかもしれないからです。

また、彼は私に頻繁にお金を要求するようにもなりました。高圧的な感じではなく、半ば甘えてくるような感じで「組や兄貴分に納めるお金が足りないから、少しの間だけ、貸してほしいんだよ」というのです。最初から、お金を返すつもりなどないにもかかわらず、です。しかし、それがわかっていながら、今度もし金額が足りなかったら、彼は日本刀で本当に斬り殺されるかもしれないと不安になり、結局はお金を渡してしまっていました。

また、露骨に〝亭主面〟もしてきました。その当時、私はクラブ勤めで、着物を買ってもらうために毎日電話で営業活動を続けていると「オレ以外の男に電話すんなよな」とよく言われました。当時はまだガラケーの時代でしたが、私が常連さんに電話している最中にガラケーを奪われ、ばきっと折られたことが何度もあります。

別れたいと真剣に思い、何度もそう告げました。しかし、そのたびに彼からひどく殴られました。私を応援してくれているクラブの常連さんも、クラブのママや同僚たちも、私のことを心から心配して「そんな男から早く別れたほうがいいよ」と何度も真剣に忠告されました。「すぐに身を隠したほうがいい。オレが引っ越しを手伝うよ」と言ってくれる常連さんもいました。しかし相手は本物のヤクザです。下手に第三者を巻き込んでしまうと、今度はその人たちに被害が及ぶかもしれません。誰からも助けてもらうわけにはいきませんでした。

私のこれまでの約45年間の人生は、一般的な市民感覚からいって、波乱の多いハードなものだったと自覚しています。それでも、常に自己肯定感を持ち続けることができたし、心が折れそうになったことは2回しかありません。そのうちの1回が、このDV男に心身ともに束縛されていたときです。このときは自己肯定感が揺らぎ「悪いのは自分のほうではないか?」と洗脳されてしまいました。

どうしたら私と別れてくれるのだろう。どうせ私はあの男の金づるにすぎないんだから、まとまったお金さえ渡せば、別れてくれるかもしれない。そう考えてお金を渡そうとすると「そういうことじゃない!」と恫喝され、また殴られました。そうやって殴られたあと、急に男からやさしくされたりすると、これがいつものヤツの手口だとわかっていながら、つい男を許してしまいます。彼は私の娘には120%やさしく、一緒にいるときはいつも楽しそうに遊んでくれるので、娘はすっかり男に懐いていました。そんなとき「このやさしい顔がこの男の本質なんだ」と、つい自分を納得させてしまおうとするのです。

もしあのままの状態がずっと続いていたら、私はあの男から一生離れることができず、今頃は精神が破綻していたかもしれません。

しかし、奇跡が起こりました。DV男は一般男性を相手に暴力事件を起こし、傷害罪で逮捕されたのです。その事実を私は警察からの電話で知りました。

「もしもし、こちら△△警察ですが、吉村由依さんですか。実は×××があなたを内縁の妻だと言っているのですが……」

その後、複数の刑事さんが私のマンションにやってきて、家宅捜索を受けました。あとから聞いた話ですが、家宅捜索の直前までクローゼットの奥に本物の拳銃が隠してあったそうです。そのとき訪ねてきた刑事さんから聞いた話では、DV男が独身というのは真っ赤なウソで、奥さんも子どももいたのです。私がその刑事に別れたくても別れてくれないと相談すると、アドバイスしてくれました。

「彼は1週間以上勾留されて出てこられないから、その間に荷物をまとめて引っ越したほうがいいよ。その際、転居先の住所がわからないように、住民票には閲覧制限をかけておかなきゃダメだよ」

私は住んでいた賃貸マンションを即行で解約し、別のところに引っ越すことにしました。

ヤミ金トラブルで、母の自殺願望が再発

私が元青年実業家DV男とのトラブルに巻き込まれているとき、彼を私に紹介した母もまた、深刻なトラブルに見舞われていました。

母が居酒屋を始めた当初、お店はそこそこ繁盛し、母も日々の仕事に張り合いを感じて生き生きと働いていたので、母の心の病も一旦は良い方向に向かっていると家族は思っていました。しかし、快方に向かったのはほんの一瞬だけで、実は居酒屋を始める前より問題が悪化していきました。

トラブルの原因は、母の借金です。居酒屋の経営は開業数カ月で軌道に乗りかけていたのですが、そのあたりから母の浪費癖がひどくなっていきました。例えば、居酒屋で1日数万円の売上があっても、店を閉めたあと、同じ雑居ビルにあるなじみのバーやスナックを常連客とハシゴして、売上金で大盤振る舞いするのです。母はもともと見栄っ

張りでもあり、飲み屋仲間や友人たちの前ではいい格好をしたがり、服飾品にはずいぶんお金をかけ、付き合いで高級な料理屋などでも飲食を重ね、散財していました。

そのお金がどこから出ていたのかといえば、借金でした。まずは友人知人からお金を借り、返せなくなって今度は消費者金融からお金を借り、その返済のために別の消費者金融からまたキャッシングし、ついには父や私の名義を勝手に使って借金を繰り返していました。私名義の借金だけで250万円以上はありました。

お金が原因で、父とよくケンカするようになっていました。父が宅配便ドライバー時代に必死に蓄えていた貯金を、母がいつの間にか使い込んでいたのです。母の精神が不安定になっても、夫婦仲はどちらかといえば良いほうだったのですが、父の貯金を使い込んで以来、夫婦ゲンカが絶えなくなっていきました。私より6歳下の妹はその当時高校生で、両親と暮らしていたのですが、両親の夫婦ゲンカを見ているのがイヤで、私が住んでいた公団住宅やマンションに「お姉ちゃん、今晩泊めて」と、よく避難してきました。

一方、借金がかさめばかさむほど、母の抑うつ症状は悪化していきました。またしても「自殺する！」と泣き叫ぶようになり、自分が経営する居酒屋の前で包丁を持って歩き回ったり、歩道橋から飛び降りるマネをしたりするなど、行動も次第に常軌を逸していきました。そのたびに父が母を必死になだめ、私もときどき駆り出されて母の説得に当たりました。

そうこうしているうちに、母はついにヤミ金からも借金してしまいます。消費者金融の金利も暴利ですが、ヤミ金の利息は半端ではありません。いわゆるトイチ（10日で金利1割＝10％）は当たり前で、トイチで100万円借りた場合、1年後の返済額は複利での元利合計で3000万円以上になります。とても返済できる金額ではありません。

母がヤミ金に手を出した頃は、ちょうど私のクラブ勤めが順調にいっていた時期と重なります。着物を買ってくれるパトロンが何人もいて、私はそれなりにお金を持っていました。それをどこかで聞きつけたのか、母はたびたび、お金をせびりに来るようになり、仕方なく、そのたびに私も少しずつお金を渡していました。そんなある日、私は母からとんでもないことを提案されました。

「そういえば、この前ローン会社の人と話してたんだけど、若い娘さんがいるなら、身体を売って稼ぐという手もあるって、お店紹介してくれるって。由依ちゃん、やってみる気、ある?」

ショックでした。ついに母もここまで壊れてしまったのかと、私は体中の力が一気に抜けていくような脱力感を覚えました。まさか実の母親から「身体を売れ」と言われるなんて、思いも寄らなかったのです。正直いって、母はもう正常な精神状態に戻れないかもしれない、と悲しく思いました。

ヤミ金地獄から逃れるために両親を夜逃げさせる

母がヤミ金からも借金していると判明してからしばらく経ったある日、父から電話がありました。折り入って相談したいことがあると言うのです。

悪い予感がしました。このタイミングで、いい話など聞けるはずがありません。指定された時間に指定された中華料理店に行ってみると、憔悴《しょうすい》しきって、ひとまわり身体が小さくなったように見える父が丸テーブルにぽつんと座っていました。

「もうお父さんは疲れた……。もうお父さんではお母さんをどうすることもできない。お父さんは大阪のお姉さんの所へ逃げようと思ってる、お母さんを頼みたい」

不思議に思われるかもしれませんが、わが家においては、父と母の関係性よりも、私と母の関係性のほうがはるかに緊密で強固でした。だからこそ、父は私に母のお守り役を任せたかったのだと思いますが、その当時の私はDV男のせいで生活が破綻しかけており、おまけにDV男の子どもを身ごもってしまっていたので、母の面倒まではとても見切れない状態でした。そこで父の提案ははっきりと拒絶し、今度は私から逆提案しました。

「この状態でお母さんの面倒までは見切れない。ヤミ金とまともに交渉することは不可能だし、この際、借金は踏み倒すしかない。お父さんとお母さんはまだ若いんだからやり直しもきく。妹の面倒は見るからお母さんはどうにか連れていってほしい」

父はこの提案を受け入れ、私の両親は夜逃げすることになりました。私は母が19歳のときに生まれた子なので、このとき両親はともにまだ42歳です。夜逃げして住民登録がなくなっても、まだまだ人生をやり直せる年齢だと、私は勝手に期待したのです。ちなみに、ヤミ金業者は存在自体が違法なので、ヤミ金から借りたお金は法律上一銭も返す必要はないのです。

とりあえず当座の生活に必要なものだけを父の車に詰め込み、両親がこっそりと名古屋を脱出したのは2002年の12月でした。行き先を知っているのは、父と私だけです。あのDV男が傷害罪で逮捕され、警察署に未決勾留された少しあとのことでした。

両親が大阪に夜逃げしたあと、今度は私が住居を移すことになります。DV男が警察署に勾留されている間に、私は住居をひそかに移す必要がありました。問題は、手元にほとんどお金がなかったことです。クラブホステスとしての収入の多くをDV男に貢いでしまい、貯金を使い果たしていたので、新たに賃貸物件を借りるときに必要な礼金・敷金を用意することができませんでした。

そこで私は、夜逃げするまで両親が住んでいた名古屋市内のアパートに引っ越すことにしました。間取りは風呂なしトイレ付きの1DKです。両親はとにかくお金がなかったので、家賃4万円のその安アパートで妹と3人暮らしをしていました。そこから両親が抜け出し、代わりに私と5歳の娘が入居することになりました。

当時、私はDV男の子どもを身ごもっていて、妊娠5カ月でした。DV男とは決別するつもりでしたが、生まれてくる子どもに罪はないので、私はシングルマザーとして2人の子どもを育てていこうと決めていました。おなかも大きくなり始めていたし、DV男からも逃れたかったので、私はそのタイミングで錦のクラブを辞めました。こうして、私・娘・高校3年生の妹の女子3人の新たな生活が始まりました。

ツーショットダイヤルのサクラで日銭を稼ぐ

2002年の冬は寒い冬でした。隙間風の入る安アパートで家族3人、暖房器具は小さな電気ストーブだけという貧しい暮らしをしていたからです。間取りは風呂なしの1DKでした。屋内にいても寒くてたまらず、3人で毛布にくるまりながら電気ストーブで暖を取っていましたが、ストーブに近づきすぎて、何度か毛布を焦がしました。なるほど、すかんぴんとはこういうことか、と妙に納得したりもしました。

しかし、愚痴ばかり言ってはいられません。家族3人の生活費は私一人で稼がなければならなかったからです。しかも、私は当時妊娠5カ月。赤ちゃんが生まれてくるまでに、なんとか風呂付きのきれいなアパートに引っ越したいと考えていましたが、そろそろおなかも目立ち始め、あまり無理のできない身体でした。

こうなってくると、働ける仕事もおのずと限定されてきます。あまり身体を動かさずに、短時間で高収入が得られる仕事があればベストです。いろいろ調べた結果、見つけたのが「ツーショットダイヤルのサクラ」というアルバイトです。

今の若い人にはあまりなじみがないかもしれませんが、1990年代から2000年代にかけて、テレフォンクラブ略して「テレクラ」という出会い系の風俗ビジネスがはやっていました。基本的なシステムは、街なかにあるテレクラ店舗に男性客が料金を払って入店し、電話機が設置してある個室で電話を待ちます。その電話機に女性から電話がかかってくるので、早い者勝ち、または順番制で男性が受話器を取り、女性との通話を楽しむというものでした。ただし多くの場合、男性客は女性と会話するのが目的というより、電話で女性と会う約束を取り付け、電話の女性と実際にデートすることが目的です。一時期はテレクラが援助交際の温床となり、社会問題化したこともあります。

私が担当したのは「出会い系」でしたが、そのツーショットダイヤルにはテレフォンセックスのサービスもありました。女の子が希望すれば、そちらの担当になることもできます。「テレフォンセックス・ダイヤル」のほうが時給は高く、短時間でたくさん稼ぎたい若い子は躊躇《ちゅうちょ》なくそちらを選びます。妊婦の私は胎教に悪いと思い、「出会い系」しか担当しませんでした。

ツーショットダイヤルのアルバイトは3カ月ほど続けましたが、稼いだアルバイト代は日々の生活費に出ていってしまい、お金はいっこうにたまりません。身重な体でアルバイトに行き、自転車で銭湯に通う生活です。いつになったら風呂付きアパートに引っ越せるのか、どうして私たちだけこんな目に遭うのかと運命を呪いたくなることもありました。しかし「ここで腐ったら私の人生は終わる」と、何度も自分を叱咤《しった》激励しました。「私には守るべきものがあるのだから、子どもや妹のために、もう一度がんばってみよう」。そう思うと、不思議と全身にパワーがみなぎってきました。人は自分自身のためよりも「誰かのために」と思ったほうがパワーが湧いてくる、私はあのとき、あのおんぼろアパートでそう気づいたのです。

第3章

高級クラブのママ

人の心の隙間を埋める仕事で
子どもを育てる日々

妹の高校の先生から100万円を贈られる

私はこれまでの人生において、多くの人たちに助けられてきました。今日までの道のりは山あり谷ありというより、どちらかといえば深い谷のほうが多かった気がします。それでも、なんとか今日この地点までたどり着くことができたのは、ピンチや逆境のとき、やさしく救いの手を差し伸べてくれた人たちがいたからです。心から感謝しています。

Z先生も、私を助けてくれた恩人のうちの一人でした。

Z先生は高校の教師で、私の妹のクラス担任でした。妹と同居していた両親が大阪に転居したため、代わって同居した私が妹の保護者になりましたと挨拶しに行ったのですが、それは最初で最後の面談になりました。

Z先生は穏やかな笑顔が印象的な高齢の女性でした。「訳あって両親は突然いなくなりました」と説明しました。すでに大きくなり始めていた私のおなかを見て、「これから大変ですね」と何度も言われたことを覚えています。私たち姉妹の窮状を察してくれていたのか、Z先生は両親と離れて暮らしている私たち姉妹に心から同情してくれました。そして信じられないことが起こりました。Z先生に報告してから数日後のことです。お昼過ぎに妹がはあはあ息を弾ませながら帰ってきて、「お姉ちゃん、大変大変！」とかばんから分厚い封筒を取り出しました。それは金融機関名の入った封筒でした。

「Z先生がね、私たちにこれ自由に使ってくださいって！」

中身は1万円札の束でした。帯封がついていたので、一目で100万円だとわかりました。私はわけがわからず、「どういうこと？」と妹に聞きましたが、妹は興奮しすぎて言葉がうまく出てきません。妹に水を飲ませて落ち着かせてから、私は事の次第を聞き出しました。

Z先生は現在60歳で、今年3月いっぱいで定年退職される。1000万円以上の退職金が支給されるが、自宅は持ち家だし、老後の備えもあるので、退職金の使い道は今のところ特に決まっていない。Z先生は独身で、近しい親族もいないので、亡くなっても遺産を相続する人はいない。そこで、生活が苦しいと聞いている私たち姉妹に、退職金の一部の100万円を贈りたい。そんな話でした。

ありがたくて、涙が出ました。この１００万円があれば、風呂付きアパートに引っ越せます。しかし、妹の担任の先生というだけで、特に親しい関係でもないＺ先生から、これほどの大金をいただいていいものなのかどうか、自分では判断がつきません。

「先生はまだ学校にいるかもしれない」と妹が言うので、私はすぐにその場で高校の代表番号に電話をかけ、Ｚ先生につないでもらいました。妹の言うとおり、先生はまだ学校に残っていました。

私は、妹から確かに１００万円受け取ったことを伝えました。そして、先生のお気持ちは本当にありがたいし、私も妹もとてもうれしく思ったものの、やはりこんな大金は受け取れないとお話ししました。しかし、Ｚ先生は頑固で、一度差し上げたものはこちらも受け取れないとおっしゃいます。「では、１００万円はありがたくお借りすることにしますが、借用書を作ってお送りします」と言うと、Ｚ先生はそれさえ頑強に拒否されました。

「そのお金は、あなたたち姉妹の新たな門出に差し上げたものだから、本当に返さなくていいのよ。もらってくれたほうが私もうれしいの」

結局、100万円はありがたく引っ越し費用に使わせていただくことにしました。私たち姉妹と娘はこうして近くの2DK風呂付きアパートに引っ越すことができました。本当にありがたい話で、その後退職されたZ先生には電話をしたり、年賀状を送ったりして、近況報告を続けました。大きな助け舟をいただいたことで、出産も安心してできるし、気持ちがぐっと明るくなりました。

わずか51分で第二子をスピード出産

2003年5月、私たち家族に新たな一員が加わりました。父親はあのDV男ですが、第一子の長女と同様、思い切りかわいがってあげようと思いました。第二子は元気な男の子でした。クリニック到着後51分で生まれてきてくれた本当に親孝行な子です。

心配なのは、これからの生活費でした。妹はまだ高校生なので、シングルマザーの私が一家の大黒柱として家族4人の生活を支えなければなりません。

クリニックの先生に無理をいって、出産4日目で退院させてもらい、出産5日目だけは自宅で療養し、出産6日目にはクラブホステスに復帰しました。普通の生き方から外れてしまった以上、夜の世界で大成し、自分の店を持つ。私の中の「人生のサクセス・ストーリー」はまだ生きていました。生まれたばかりの長男を新生児保育のある保育所に預け、再び私は〝夜の蝶〟となって錦の歓楽街に舞い戻ることになりました。

再び、夜の世界で夢の実現を目指す

長男が生まれ、一家4人の生活が始まりました。私は23歳、妹は17歳の高校3年生、娘は5歳、息子は0歳です。私の夜の仕事は、妹の献身的な協力に支えられていました。妹はまだ高校3年生で、自分なりにやりたいことがいろいろとあるはずなので、毎週木曜日には必ずお店を休み、子どもたちの世話を担うというサイクルをつくりました。

そんな規則正しいクラブホステス生活を続けながら、私は「自分のお店を持つ夢」に向かって歩み始めました。

第二子を出産してから、男性に対する接し方を大きく方向転換しました。それまでの私は、男性の見た目や表面的なやさしさに散々だまされてきたので、今度は、私が戦略的にならなければならないと考えたのです。守るべきものが増えた私は、生きるために戦っていかなければならないと自覚しました。

私は指名してくれるお得意様を増やすために、セルフブランディングを考えました。イメージは、「若いのに毎日着物を粋に着こなすめったにお目にかかれない女性」です。

高級クラブでは毎月「新調日」という特別な日が巡ってきます。その店で働くホステスは、新調日には必ず新たなドレスを新調して、お客さんや同僚にお披露目しなければならないのですが、その費用は自腹です。そこで、多くのホステスは「今度の新調日に着てくるドレスがなくて困っているの。だから新しいドレス買って〜」と、なじみのお客さんにおねだりすることになります。店によっては売上貢献のため、同伴出勤のノルマを課すところもあります。

しかし私は、夜の世界に入ったときから、お客さんに何かをねだったり、何かをお願いしたりすることは絶対にしないと心に決めていました。すると、一切何も要求してこない私が新鮮に見えたようで、親しくなった男性のほぼ全員から「君のようなホステスに会ったのは初めてだ」と言われました。

おねだりはしないがお客さんがしてあげたくなる方法

お客さんからプレゼントをいただくのはうれしいことです。でもおねだりはしません。男性には、「いつかは自分の店を持ちたい」という自分の夢、サクセス・ストーリーを熱く語っていきました。

私の夢に興味を持ち、応援してくれて、さらに経済的に余裕がある方は、おねだりをしないからこそ何かしてあげたいと自発的に思ってくださったのではないかと思います。

私に好意を寄せてくれそうなお客さんに常連になっていただき、さらにそこからお客さんとの関係性を深める。たとえ懇意となるお客さんが少なくても、熱心に応援してくれるコアなファンを数人作れば、クラブホステスとして十分やっていけるということを学びました。

ヘッドハンティングされて別の老舗クラブへ

私のコアなファンになってくれたお客さんは、私が店を移ってもついてきてくれました。

2004年、私は高級クラブの世界を教えてくれた恩義あるママさんと別れ、同じ名古屋市中区錦にある別の老舗クラブで働き始めました。

店を移ったのは、引き抜きによるものでした。

最初のクラブに勤めていたとき、毎日着物姿で店に出るようになったのは、入店して半年くらい経ってからでしたが、着物を着ると、髪も着物用にセットしなければならないので出勤前の美容室でのセットが必要になります。

着物を着るときの髪型を「和髪」といいますが、その中でも代表的な髪型が「抱き合わせ」と「夜会巻き」です。どちらも髪をアップにして襟足を美しく見せる髪型ですが、自分でセットするのはほぼ不可能なので、必ず毎回美容室で髪をセットしてもらわなければなりません。そもそも和髪を結える美容室は少なく、特に錦界隈《かいわい》では数が限られているので、夕方ともなると夜の女性たちが殺到します。私も、その美容室で毎日セットしてもらっていたのですが、そのうち他店のホステスさんとも顔なじみになり、いろいろな話をするようになっていきました。そうして親しくなった女性の中に、ある高級クラブのママさんがいました。そのママさんが「ぜひ私の店で働いてほしい」と声をかけてくれたのです。当時勤めていたお店に、私はなんの不満もありませんでしたが、そこで声をかけてもらったのも何かのご縁だと思い、そのママさんのお店のお世話になることにしました。ありがたいことに、最初の店のママさんも同僚のホステスさんたちも笑顔で私を送り出してくれました。親子関係や男関係ではいろいろあったけど、自分は基本的に、人間関係には恵まれていると実感しました。

前の店で懇意にしてくださったお客さんも、私の移籍とともに新しい店に来てくれるようになり、店の売上にも貢献してくださいました。

そのお客さんのうち、とりわけ熱心に応援してくれたのがAさんです。実は、ほんの短い期間でしたが、私はAさんの愛人になっていたことがあります。

それは、私が新たなクラブに移籍して1年ほど経ってからの頃です。妹が大阪の専門学校に通うことになり、私たち母子と一緒に暮らしていた名古屋市にあるアパートを離れ、大阪の両親のところへ身を寄せることになりました。

妹はそれまで、私の2人の子どもの世話を献身的に見てくれていたので、子守りを押しつけてしまって申し訳ないとずっと思っていました。ですから、妹が自分の夢をかなえるために一歩踏み出したことを、姉としてとてもうれしく思い、できる限りのサポートをしたいと思いました。私は平日の夜に2人の子どもの面倒を見てくれるところを探さなければならなくなりました。

Aさんがクラブに飲みに来たとき、私はそんな話をすると、「だったらもう、夜の勤めはやめてお子さんたちと過ごせばいいじゃないか」と、Aさんが言い出しました。私たち母子3人の生活費をすべてAさんが負担するというのです。

クラブを辞め、パトロンの愛人になる

2005年、私たち母子はAさんが用意してくれた名古屋市内にあるマンションに引っ越しました。私をヘッドハンティングしてくれた2店目のママには事情を話したのですが、申し訳ない気持ちでいっぱいでした。

「一日中、何もしなくてもいい」というそんな経験は人生で初めてです。2人の子どもの世話を焼くのは、母親としては楽しい時間でした。

ところがそんな生活を始めて2週間ほど経った頃から、私は原因不明のイライラに悩まされるようになりました。居心地のいい住まいがあり、かわいい我が子が2人とも身近にいて、当座の生活費を心配する必要もありません。のんびり好きなことをする時間だって持てます。落ち込む要素もいら立つ要素も全然ないのに、なぜ自分はこんなにブルーなのか、理解に苦しみました。週に何日か泊まっていくAさんは、私を普通の生活に戻すことができ上機嫌でした。

やがて私はイライラの正体に気づきます。私にとって、男の人に養われるのは初めての経験で、それがかえって不安だったのです。今この瞬間はとても快適ですが、まるで旅客機の乗客のように、自分や家族の命を第三者に全面的に委ねている状態を不安に感じてしまうのです。こんな不安にさいなまれるのなら、たとえ小さなセスナ機でもいいから、自分自身で操縦して空を飛びたいと思いました。自分で動いて自分で稼ぐほうが私には性に合っていると思ったのです。

そこでAさんに「そろそろ夜の世界に戻りたい」と告げたのですが、「なんで？　このままでいいじゃない」と、まるで聞く耳を持ちません。Aさんはもともと私が他のお客さんと親しくすることを嫌がっていたので、もう二度と夜のお店で働いてほしくないと思っているのでした。

一方の私は、日々イライラが募り、このままでは、自分が自分でなくなってしまい、おかしくなりそうです。

Aさんには申し訳なかったのですが、私は2人の子どもを連れて、黙ってマンションを出ました。これからどこで暮らすのかもAさんには伝えず、姿を隠すことにしたのです。

1週間ほど経って、Aさんの友人から電話が入りました。

「Aさんにあんなに良くしてもらったのに、黙っていなくなるなんてどういうつもり？　Aさん、ショックで体調が悪くなって、入院しちゃったよ！」

私は遠くから、Aさんの健康を願って祈ることしかできませんでした。

結果的に、私がAさんを傷つけることになってしまったのは申し訳なかったのですが、私自身の夢でもある「夜の世界でのサクセス・ストーリー」を手放すことができなかったのです。口ではかっこいいことを言っていながら、結局、人の好意で囲われ者になってしまった自分を責めました。中途半端な妥協が、いちばんかっこ悪いと実感し、もう二度と、夢を自分から手放したりしない。私はそう心に誓いました。

錦の高級クラブに三たび復活する

私は新たに母子3人で暮らす部屋を借り、また錦の高級クラブで働くことになりました。錦の夜の街に舞い戻るのは、これで3回目です。今度勤めるクラブは、錦でも老舗中の老舗の店です。そこへ私は「チーママ」待遇で迎え入れられました。気がつけば、私も27歳になっていました。

ありがたいことに、以前のお店の常連さんたちは、私のことを覚えていてくれました。そしてどこから話を聞きつけたのか、私を訪ねて新しいお店にも来てくれるようになりました。かつて常連になっていただいたお客さんのうち、Aさん以外の方がこの店の新たな常連になってくださったのです。

Aさんはどうしているだろう……。私は彼の体調が気がかりでした。すると、私が勤め始めてから3カ月後に、Aさんがひょっこり店に現れたのです。

再会すれば、気まずい展開になるだろうと覚悟していたのですが、不思議にもそういう展開にはなりませんでした。

「由依が突然姿を消して、あのときは本当に辛かった」というAさんにこう言ってしまいました。

「ご存じのとおり、私は過去を振り返らないタイプですから。過去を思い出して感傷に浸りたいなら、お一人でどうぞ」

するとAさんは突然爆発するようにゲラゲラ笑い出し、「おまえ、本当に、全然変わってないな」と、一人でうなずいていました。私たちの関係は、以前の状態に戻ったように思いました。Aさんの世話になったことはありがたかったのですが、相手に合わせて自分らしさを失ってしまうことは、自分にとっても相手にとってもいいことは何もない、ということをあらためて実感しました。

ホステスから独立して自分の店を持つ

結果的に、私は3店目のクラブに1年間ほど勤めました。3店目ではチーママを務めていたせいか、「次のステップはママになることだね」と多くのお客さんから言われるようになりました。最初のお店から私についてきてくれた常連さんも、「そろそろ自分のお店のことを真剣に考えたら？」と言ってくださり、「そうか、27歳はそろそろそういうタイミングなのか」と、自分でも少しずつ意識するようになりました。

錦で自分の店を持つことは、夜の仕事を始めてからの私の夢でした。その夢がこんなに早く実現していいものかどうか、不安やためらいもありました。しかし、それと同時に、せっかく巡ってきたチャンスを逃すべきではないとも思いました。

とはいえ、実際に独立して自分の店を持つには、それだけの資金が必要になります。私の場合、経済面が最大のネックになっていました。クラブホステスとしておよそ6年間働いてきましたが、母やDV男に多くのお金を渡していたし、出産や子育てにもそれなりにお金がかかっているので、自由に使える資金はほとんどありませんでした。

ところがありがたいことに、私が3店目に移ってもまだ応援団でいてくれて、4人のパトロンの方が「由依が独立して自分の店を開くなら、経済的に援助したい」と申し出てくれました。資金援助の内容はそれぞれ一人ひとり異なっていました。

資金援助をあくまでも「投資」と考え、提供した資金を5年で回収するため、年間売上の20%を配当として還元してほしいという方。資金援助はあくまでも「貸し付け」であり、超低金利で貸し出すので、毎月返済してほしいという方。開業資金を肩代わりする代わりに、自分も共同経営者として店の運営にも関与したいという方。開業費用は全額プレゼントするので、返済も配当も不要という方もいました。

たとえパトロンが経済的に援助してくれるといっても、実際に自分の店を出すとなれば、当然私自身がさまざまなリスクを背負い込むことになります。経営的にやっていけるのか。従業員をうまく使えるのか。アルコールを扱う店だけに、店内でトラブルが発生したらどうなるのか、など心配の材料は尽きません。

4人の資金援助の方法をそれぞれ聞いて、結局4番目の「開業資金は全額プレゼントする」という方の提案でお願いすることにしました。提案をしてくれたのは、一時期私を愛人にしていたAさんでした。Aさんは開業資金として現金1000万円を提供してくれました。

ただし、資金調達以外の部分は、可能な限り自分でやりました。不動産業者を回って物件を探し、物件が決まったら、内装業者と、どんな内装・インテリアにするか相談しました。保健所、警察署、消防署、税務署などへの各種届け出や許可申請も自分でやりました。

2007年5月、いよいよ私の店がオープンしました。営業形態は「ラウンジ」で、席数は20席ほど。料金設定はスナックより高め、クラブより低めで、テーブルチャージを含め1人3万円前後で飲める設定にしました。

店名は「メンバーズ縁《えにし》」です。ここは私とさまざまな人とのご縁があってはじめて誕生した店であり、これからもこの店を拠点に多くの人とのご縁を結んでいきたい。そんな思いを込めて名付けました。また、「縁結び」の「結」の字と、私の名前の「由依」も掛けました。

そしてこの店ができたおかげで、私はこの1年半後にある人と人生最大のご縁を結ぶことになります。

第 4 章

母の飛び降り自殺未遂

失意のどん底の中、
一人の男性が私を救ってくれた

ラウンジは順風満帆。心配は夜逃げした両親のこと

私がオーナー兼ママを務めるラウンジ「メンバーズ縁」の経営は順調にいっていました。私が以前勤めていた店の常連さんも来てくれて、資金援助を申し出てくれた4人の常連さんも足繁く通ってきてくださったからです。

私はようやく「自分の店を持つ」という夢を実現し、自分の思いどおりに店を切り盛りできて、充実した日々を過ごしていました。

ただ、私の心の一部には常に暗雲が垂れ込めていました。大阪に夜逃げしてから、母が精神状態を悪化させていたからです。

ヤミ金の執拗な取り立てから逃れるために、両親は父の親族を頼って大阪市内に夜逃げしていました。新たな住まいは親族が見つけてくれた築年数の古い賃貸マンションの6階。ヤミ金業者も、さすがに夜逃げした先までは行方をたどれなかったようで、両親

はようやく平穏な日常を取り戻すことができていました。

やがて父は知人の紹介で、運送会社の配送ドライバーとして働き始めました。生活の糧を得る手段を確保し、両親は心機一転、大阪での新生活をスタートさせました。

母は夜逃げした当初からヤミ金業者の悪質ないやがらせから逃れられた安堵《あんど》感と、はるばる170キロを走破して新天地に行き着いた高揚感が、プラスに働くことはなく、終始父を困らせていたようです。そのあとも快方に向かうことはなく、母のメンタルは少しずつ崩壊していきました。自分がヤミ金に莫大《ばくだい》な借金を作ってしまったこと、その結果多くの人に迷惑をかけてしまったこと、そして、娘2人を名古屋に置き去りにしてきたことを、母は気に病んでいました。母は根は真面目な人間であり、几帳面でもあるので、そんな不甲斐《ふがい》ない自分自身に耐えられなくなっていったのでしょう。父に対し、次第に自殺をほのめかすようになっていきます。そして夜逃げから2年ほど経ったある日の朝、運送会社に出勤しようとしていた父に、母はこう言い放ったそうです。

「今日、私をこの部屋にひとりぼっちで置いていったら、私は自殺します」

父はそのときの母の様子を見て、本当に自殺しかねないと判断したそうです。その日、父は急遽《きゅうきょ》会社を休まざるを得なくなりました。

　こんな日が、まったく突然、なんの予告もなく来るので、父も油断できませんでした。そう何度も会社を休むわけにはいかないので、やがて父は一計を案じます。一日中、母と一緒にいることはできないけれど、頻繁に電話で会話できることを約束すれば、母も納得するのではないかと考えたのです。

　私はしばらく両親と会っていませんでしたが、電話で父、母、妹からそれぞれ別々に聞かされた話を総合すると、両親の大阪での生活は次第に破綻の方向に向かっているような気がして、それを考えると、私も落ち着かない気分になるのでした。何かが起こりそうな、嫌な予感がしていました。

お母さんが自殺するって！　父からのSOS

「お母さんがまた、自殺すると言って包丁を振り回してる！　由依ちゃんを呼べと言っている！　すぐ来てほしい！」

父からそんなSOSの電話がかかってきたのは、2008年の年明け頃だったと思います。両親が大阪暮らしを始めてからおよそ5年ぶりの緊急事態発生でした。

電話を受けたのは、おそらく午後11時頃だったと思います。

「すぐ来てほしい」と言われても、名古屋と大阪では170キロ以上離れているので、どんなに急いでも車で3時間はかかります。時間は11時頃で私は店でお酒を何杯か飲んでしまっています。もう下りの新幹線はないし、名古屋から大阪までかなりの運賃になることはわかっていますが、もはやタクシーで向かうしかありません。

店のクロージングを信頼できる女の子にお願いして、私は手配したタクシーに乗り込みました。「由依ちゃんが今大阪に向かっている」と父が伝えると、母も一旦は落ち着いた様子だったようですが、まだ油断はできません。途中で携帯電話の充電が切れるのが怖いので、何か新たな動きが発生しない限り、お互い連絡は取らないことにしました。運転手さんには、とにかく大阪まで急いで向かってもらうようお願いしました。

再び始まった母の自殺未遂騒動

両親が暮らす大阪市内のマンションに私が到着したのは、もう明け方に近かったと記憶しています。狭いリビングで、父がぽつねんとビールを飲んでいました。大暴れして疲れはてたのか、母はすでに奥の寝室で寝息を立てています。照明のせいなのか、父の顔色はなんだか土気色に見え、母より先に父が死んでしまうのではないかと思ってしまったほどです。

「お疲れさま。来てくれてありがとう。お母さんは疲れて寝ちゃったよ」

父は私に向かってぎこちない笑顔を見せると、「お父さん、今日はもう仕事を休むしかないかな」とぼそっと言いました。

母が騒ぎを起こした理由は、ごく些細《ささい》なことでした。母からかけた電話に、父がすぐに出なかったからです。母が3分おきに2回かけても父が電話に出なかったため、3回目にかけてようやく父につながったとき、母はこう言ったそうです。

「どうして私を無視するの？　そんなに無視するくらいなら、死にます。今、手首を切りました」

その声があまりに落ち着いた静かなトーンだったので、いつもとは違う尋常ならざるものを感じた父は、電話口でとにかく平謝りに謝り、時間稼ぎをしました。母の精神状態が日常レベルに回復するまで、一定の時間が必要だと考えたからです。すると母は冷たく言い放ちました。「じゃあ、帰ってきて。今すぐ」と。ここで拒否すると、さらに面倒な事態に陥ることがわかっていたので、父は大急ぎで配送を終えると、会社に「直帰」の連絡を入れてマンションに戻りました。すると、母は父の顔を見た途端、先ほどの電話のときの冷静な態度とは打って変わって、ぎゃあぎゃあ泣き叫びながら、右手に持っていた包丁をめちゃくちゃに振り回し始めたとか。これは、母が発作を起こしたときに比較的よく見せる動作で、以前何度か見たことがありました。父も、母のこの動きにはある程度慣れているので、母が実際には手首を切っていないのを確認すると、隙を見て後ろから抱きかかえ、自分の身体ごと後ろに倒れて母をホールドします。

しかし、母はまた急に立ち上がって暴れ出し、再び母を押さえつけます。こうしたやりとりが何度か繰り返され、最後は父も母もへとへとになって動けなくなり、「もう限界」と判断した父が私に電話してきたのでした。

到着してもう明け方近くになっていたので、その日は両親のマンションに泊めてもらうことにしました。翌朝は遅めに起き、仕事を休んだ父と3人で大阪名物のお好み焼きを3人で食べ、私は新幹線で名古屋まで帰りました。これから母が自殺騒ぎを起こすたびに、また大阪まで駆けつけなければいけないんだろうな……。そんなふうに思って新幹線の車中でため息をついたことを今も覚えています。

最愛の人との運命的な出会い

母が再び自殺未遂の騒動を起こし始めた頃、私にはもう一つの大きな出来事がありました。今の主人との出会いです。私が名古屋の錦にオープンさせたラウンジは店名を「メンバーズ縁《えにし》」といいますが、まさに私の店が結んでくれた縁でした。

彼が初めて私の店を訪れたのは、2008年の8月でした。たまに飲みに来てくれる常連さんの一人が会社の部下として連れてきたのが彼でした。

最初に出会ったときの印象は鮮烈に覚えています。常連さんに紹介されてカウンター越しに顔を合わせた瞬間、「あ、私、この人と再婚するんだ」というインスピレーションが稲妻のように身体を走りました。私の人生において、そんな啓示があったのは、後にも先にも、あのときだけです。

好みのタイプとかまったく関係なく、ただ、「この人と結婚する」という自分自身の未来がパッと見えたのです。その瞬間、自分でも無意識のうちに言葉が出ていました。

「初めまして。私、あなたのことが好きだと思うわ」

彼はぎょっとしていました。彼の返しの言葉はこうでした。

「ええっ！　僕、お金持ってませんよ」

彼にドン引きされてしまいましたが、なぜか「しまった、失敗した！」とは全然思いませんでした。その日はお互いの連絡先を交換して終わりました。

それから1カ月ほど経っても、2人の関係に特に進展はありませんでした。私は何度か彼に電話したのですが、彼のほうからの電話は一度もなく、再び私の店に来ることもなかったのです。

彼に2回目に会ったのは12月の彼の誕生日でした。その日、お店が少し空いたので、夜10時すぎに彼の携帯に電話したところ、錦の別のお店でお祝いしてもらっているとのことでした。とっさに「じゃあ、私の店でもお祝いしたいから、そちらが一段落したら、こっちにも寄ってみてください」と半ば強引にお願いしてしまいました。

彼が一人で私の店に顔を出してくれたのは午後11時頃です。その夜は彼自身もけっこう酔っていたせいか、前回よりもずっと打ち解けて話してくれて、みんなでワイワイ楽しく飲むことができました。

その後、私が店を閉め、別の店に2人で飲みにいって、そろそろ帰ろうとなって、大通りでタクシーを捕まえたのが深夜2時頃でした。彼に「家はどこ？　送っていくよ」と言われたのですが、私は考えるより先に「今日は帰りたくない」と言ってしまいました。その夜から、私たち2人は付き合うことになりました。

男性のことを本気で好きになったのは、今の主人が最初かもしれません。アルバイト先で知り合った男性と17歳で最初の結婚をしたときは、私自身がすべてにおいて未熟でした。人を愛するとは、結婚するとはどういうことなのか、まるでわかっていませんでした。「この人が大好きだから一緒にいたい！」という気持ちより、「この人と一緒になれば実家を出られる！」という思いのほうが強かったと思います。

その後クラブホステスとして、夜の世界で自分を磨いていこうと決めてから、男性は恋愛対象というよりもビジネスの対象になり、「今後、男の人が恋愛対象になることはもうないだろうな」と、漠然と思っていました。

今の主人と出会った瞬間、なぜ「この人と再婚する」と思ったのかわかりません。今の主人は、ごく普通の家庭環境で育ってきたごく普通のサラリーマンであり、ごく普通の生き方をしてきた人です。元夫やＤＶ男のようなイケメンでもなければ、その後付き合ったパトロンたちのようなお金持ちでもありません。しかし彼は、私のそれまでの人生において決定的に足りていなかった「普通」な面を備えていました。そのことになぜか心惹かれたのだと思います。

繰り返される母の自殺未遂

いいことばかり続かないのが私の人生です。

今の主人とのお付き合いが進行していくなかで、再開した母の自殺未遂騒動もまた過熱していきました。

父からのSOS電話で大阪の両親のマンションに駆けつけてから約2週間後の夜、またしても父からのSOS電話が入りました。今度は、母が自宅近くの歩道橋から車道に向かって飛び降りるというのです。

「お父さんが近づいたら飛び降りるって言うんだ。だからお母さんの携帯に今すぐ電話してくれないかな。お母さん、携帯電話は持ってるはずだから」

父からの電話を切って、すぐに母の携帯に電話をかけました。数回の呼び出し音ですぐに母が電話に出ました。

「由依ちゃん、お母さん、もう死んじゃう。死んじゃうよ!」

「大丈夫よ、お母さん。私がついてるから」

以前から不思議に思っていたのですが、私と母の母子関係は、時に完全に逆転します。なぜか私が母で、母が娘のような感覚にとらわれるときがあるのです。この感覚は、私が中学生になったくらいの時期からたびたび体感していました。この電話のときも、まさにその感覚でした。

私が「どうしたの?」と聞くと、なんだか世の中のすべてがイヤになって、それ以上に自分のことがイヤになって、もう何もかも終わりにしたくなってしまった……というようなことを話します。

それで、よくよく母に話を聞いてみると、母が死にたいと思った直接の原因は父とのいさかいでしたが、そのいさかいの発端となったのは、母の作った夕食の献立にあることがわかりました。母は、「食卓にどんな料理を並べるか」という献立を含め、自分の手料理に絶対の自信を持っているので、父の「おかず、これだけ？」という不用意な発言にカチンと来てしまったそうです。そこから不毛な言葉のやりとりに発展し、ついには母がキレてしまったというのです。

そこで私は、おおよそ次のようなことを話しました。

「お母さんが料理上手なのは、お父さんはもちろん、私たち家族は全員知ってます。でも男の人って、料理の味や栄養バランスより、見た目の量の多さを重視するんだよね。お母さんもよく知ってるでしょ？　だから、今度お父さんがそんなことを言ったら、3分でできるレンチン料理をその場でぱぱっと作って出せばいいよ。今度、2〜3分でできるレンチン料理の作り方をいろいろ教えにいってあげるね。あ、なんだったら、今日、今からそっちに行こうか？」

すると、母はそれまでの荒ぶった言動がウソのように、急に態度を軟化させて、声のトーンまで正常に戻るのでした。

結局、その日は早めに店じまいして、新幹線で大阪に向かうことになりました。とりあえず、今日のところは母の自殺危機を回避しましたが、こうした騒動を母がいつまた起こすかわかりません。一度荒ぶる状態に入ってしまった母を鎮められるのは、もはや私だけだという自覚がありました。母の私への執着は変わっていませんでした。結局、母の心のありようは終生変わりませんでした。

そして、私の危惧は現実のものとなります。2008年のある時期から、母は1カ月に2〜3回のペースで自殺未遂を繰り返し、そのたびに私は店の営業を中断して大阪に行かなければならなくなりました。

母の行動は明らかに常軌を逸していました。

例えば、父に対する電話の過度な要求があります。父は外出中、母と常時通話状態にしておかなければならなかったのです。父は「今、会社に着いたよ」とか、「これから営業車に乗るよ」とか、「これから1件目のお客さんのところに行くよ」など、都度母に報告し、合間時間の通話はもちろん運転中もスピーカーホンにするなど、とにかく一日中電話で父とつながっていないと、母は納得しないのでした。

それほどまでに、父は献身的に母に尽くしたのですが、それでも何が気に入らないのか、母はさらに信じられない行動に出ます。

ある日の夕刻、父が仕事を終えて自宅マンションに向かっていると、ずっと通話中の母が「ちょっと、上を見てみて」と楽しげに言いました。父がマンションを見上げると、なんと母は、マンション6階のベランダの手すりにちょこんと腰かけ、外に向かって両足をぶらんぶらんさせていたのです。少しでもバランスを崩せば、確実に落下します。父は心臓が止まるほど驚き、次の瞬間、マンション入り口に向かってダッシュしていました。マンション6階の自宅まで急行すると、母にそっと近づいて抱き上げ、事なきを得たそうです。

私の再婚に対する母の妨害工作

私と今の主人との関係は急速に接近していくのですが、それを苦々しく思い、できれば2人の間を引き裂こうと考える人物がいました。私の母です。

母とは、自殺騒動のたびに月2～3回顔を合わせていて、いろいろな世間話をします。私の今の主人について「今、こういう男の人とたまに会っていて……」みたいな軽い感じで話をしたのですが、その途端、母の態度が急変しました。目を三角にして、矢継ぎ早に質問し始めたのです。

どうやって知り合ったのか。年齢は、仕事は、年収は、財産は、家柄は、親兄弟はいるのか。背は高いのか、顔は二枚目か。芸能人だったら誰に似ているのか。性格はやさしいのか。酒癖、女癖は悪くないのか。ギャンブルはするのか。病気はないのか。

最初の結婚のとき、私はまだ若くて世間知らずだったし、相手もまともな人間でないとわかっていたので、どうせすぐに離婚して実家に戻ってくると、母には予想がついたようです。ところが、今の主人については、私の表情や話しぶりから私が真剣に愛しているとわかり、結婚まで進んでその後もうまくいくことが予測できたので、私が母から離れて遠くに行ってしまうと、無性に心配になったようです。

話はそれだけで終わりませんでした。ある日突然、彼の携帯電話に母から電話がかかってきたのです。彼からすれば、知らない番号からの着信だったので、「誰だろう？」と思いながら電話に出ると、母は「由依ちゃんの母です」と、私をちゃん付けで呼んで自己紹介したそうです。「由依のお母さんが一体どうして……」と、彼が混乱していると、母は一方的に好き勝手なことをまくしたてたそうです。

あんたなんかにうちの由依ちゃんはあげない。だいたいあんたはうちの由依ちゃんがいままでどんなふうに生きてきたのか、知っているの。あんたはうちの由依ちゃんにはふさわしくない。うちの由依ちゃんは結婚なんかしないし、これからも華やかな世界で生き続ける。あなたとは住む世界が違うんだから、由依ちゃんのことは諦めて……。

彼は、私の母の〝人となり〟を私から聞いて知っていたので、母の主張を辛抱強く聞き続け、話が途切れたときにこう言いました。

「お母さんのおっしゃりたいことはよくわかりました。でも、僕はお母さんと結婚するわけではないので、お母さんのご意見はご意見として、参考までに伺っておきます」

彼があまりにも冷静に対応してくるので、母はさらに逆上して、何を言っているかわからない罵詈《ばり》雑言を雨あられと彼に浴びせかけ、一方的に電話を切ってしまったそうです。

私は彼の名前も携帯番号も母に教えていません。

もしかすると母が興信所を使った可能性もあります。それほど、私に対する母の執着はすさまじかったのです。


母は私に、華やかな夜の世界で輝き続けてほしかったのでしょう。名古屋一の歓楽街である錦に店を構えるクラブのママでいてほしかったのです。ところが、彼は華やかな世界とは縁遠い、ごく普通の男性でした。そんな男に私をさらわれ、私がごく普通の平凡な主婦になってしまうことを母は恐れたようです。

一般的な母親の場合、自分の娘には、普通に結婚して、平凡だけど幸せな家庭を築くことを望むはずです。しかし、私の母はそうではありませんでした。母には若い頃から、華やかな世界で活躍したいという夢がありましたが、残念ながら自分ではその夢を果たせませんでした。そこで娘の私に、自分に代わって夢を実現させてほしいという思いがあったようです。そんな母から見れば、突如現れた彼は、親子二代で実現するはずだった夢をぶち壊す人に思えたのでしょう。

しかし、私は自分の幸せはやはり自分自身の手でつかみたいのです。母がどう言おうと、私は彼との出会いで感じた最初のインスピレーションを大切にし、再婚への道のりを二人で歩いていこうと決意しました。

折しもそのタイミングで、私たち家族の人生を一変させる事件が起こります。

母がマンション6階から飛び降りた

2009年9月15日。その夜、私は北陸地方の温泉地にあるホテルに宿泊していました。当時付き合っていた彼（今の主人）と泊まりがけで旅行に来ていたのです。その日は平日でしたが、彼は会社の出張で北陸方面に行くというので、私もそれに便乗して錦の店は臨時休業にして付いていきました。

温泉につかり、豪華な夕食をいただいた頃、見知らぬ番号から電話がかかってきました。誰だろうと思いながら電話に出ると、男性のくぐもった声が「吉村清美さんのご家族の方ですか」と聞いてきます。電話は警察からでした。

「実はお母さんが自宅マンションの6階から飛び降りて重傷を負ったので、病院に救急搬送されました。すぐにいらしていただけますか？」

あのときの感情を正確に表現することはできません。これはたぶん夢だろう。夢であってほしい。

すぐに病院に駆けつけたいですが、あいにく私たちは北陸の温泉地にいます。彼には翌日もこの地方での仕事が残っていたのですが、まだ電車が動いている時間だったので急遽2人で、母が搬送された病院まで直行することにしました。

病院に到着したのは翌朝でした。母は意識不明の状態でＩＣＵに入っていましたが、首を固定するための金属製のヘッドギアが装着され、人工呼吸器にもつながっていたので、まるでロボットのような変わり果てた姿になっていました。

母はマンションの6階の自宅ベランダから、頭を下にして飛び降りました。落下地点がコンクリートかアスファルトの地面であれば、即死していたそうです。しかし母は、マンションの植え込みに頭がすっぽり刺さる形で落下したため、頭蓋骨の粉砕骨折を免れ一命を取り留めました。ただし、頸髄をひどく損傷しているので、首から下は動かすこともできないし、何かを感じることもできなくなってしまいました。

医師の先生から話を聞いているときも、警察官の方から事情を聞かれているときも、「私のせいだ！」「私が母を自殺に追いやった！」という思いが頭の中を駆け巡りました。私が最愛の男性と出会って結ばれることが、逆に母を死に追いやったという冷徹な事実に愕然としました。私自身、幸せになりたいと思って起こした行動が、母を不幸のどん底に突き落としてしまったのですから、私はもう何を信じて、どう生きていけばいいのかわかりません。

私は本来、自己肯定感の強い人間ですが、生涯で2度だけ、自分の人生を否定的に考えたことがあります。1回目は、DV男に毎日のように暴力を受けていたとき。あのときは自分がダメで劣等な人間だから、殴られて当然なんだと思っていました。そして2回目が、母がマンションから飛び降りたときです。母が自殺未遂騒動を起こすたびに、私は毎回大阪まで駆けつけていましたが、母を救おうとしたすべての行動が無駄だったとわかったとき、生まれて初めて「絶望」を感じました。自分の人生が全否定されたと感じました。心が折れるばきっという音さえ聞こえた気がして、私もこの世から消えてなくなりたいと思いました。

「もう、嫌だ。いま身の回りにあるすべてのものから逃げ出したい！」

そして私は本当にすべての事柄から逃げ出したのです。

名古屋の夜の世界を脱出して海辺の町へ

救急搬送された病院のＩＣＵで、ヘッドギアやたくさんのチューブを付けて横たわる母の姿。

このわけのわからない現実から、とりあえず一旦逃げ出したい。病院で私に寄り添ってくれていた今の主人にそう告げると、彼も「逃げたいときは逃げていいんだよ」と賛成してくれました。意識不明のままＩＣＵに入っている母に対して、今、私たち家族にできることは何もありません。父は警察の事情聴取を受けていたので、あとで電話を入れることにして、私たちは名古屋に一度帰ることにしました。

大阪の病院から名古屋に逃げ帰ってきた私ですが、お店の仕事からもしばらく逃げようと思いました。それまで10年以上、いわばウソで固めた虚構の世界で自分の居場所を築こうと必死にもがいてきましたが、結局、母を自殺未遂に追いやることしかできなかったとすれば、「もう、がんばってウソをつかなくてもいいや」と思ってしまったのです。お店は前もって2日間臨時休業にしていましたが、お店の女の子たちにも連絡して、臨時休業をもう1週間延ばすことにしました。その分、女の子たちの収入が減ってしまうので、申し訳ないとは思ったのですが、私のこの精神状態では接客などとてもできません。「お客さんに楽しい時間を過ごしてもらおう」「お客さんに幸せな気分を味わってもらおう」と、がんばってきましたが、折れてしまった心では人を思いやる余裕がなく、自分の心からはネガティブなものしか出てきません。こんな心の状態では、お客さんをおもてなしすることなどできないし、ましてや男性に夢を見せることもできません。

また、本当に好きな男性ができてしまったら、やはり夜の仕事は難しいとも感じていました。これまでは、男性を恋愛対象として見ることはなく、あくまでもビジネスの対象として見ていたのですが、その視点にブレが生じていたのです。

私は店じまいする方向で考えていくことにしました。もちろん、開業するときに出資してもらったパトロンのAさんとも話し合わなければなりません。

問題は、現在の収入源である夜の店を閉めたとして、その後の人生をどう生きていくか、です。

このとき私は、彼が以前語っていた将来の夢を思い出しました。当時、彼はごく普通のサラリーマンだったのですが、「会社を定年退職したら、どこか海辺の田舎町でのんびり暮らしたいなあ」と言っていたのです。なぜ海辺かというと、彼の趣味が海釣りだからという単純な理由からでした。

私が「名古屋を脱出して海辺の町で暮らそう」と提案すると、かなり驚いていました。それはあくまでも定年後の話だから、と彼は言います。しかし、定年退職後の60代から新しいことを始めるのは、かえってリスクが大きいと私は考えました。

名古屋を出て海辺の田舎町へ行こうと私が強く主張すると、彼は「でも、今の会社には通えなくなるし……」と、煮え切らない態度を崩しません。

「だったら、今の会社も辞めちゃいなよ」

「えーっ！」

こうして私たちは、名古屋から、どこか海辺の町へと脱出することにしました。

第 5 章

看護師の道へ

これまでに感じたことのない人とのつながりが
新たな人生を示してくれた

「無職」は不安なので収入源を確保しておく

母の飛び降り自殺未遂をきっかけに、再婚しようと思っている男性と名古屋から海辺の田舎町へ脱出しようと考えた私ですが、やみくもに動き出すわけにはいきません。私は自分のお店を閉めて無職になるし、彼も勤めていた会社を辞めることになります。私の2人の子どもを含む一家4人の生計をどのように立てていくかをまず考えなければなりません。

シングルマザーとして2人の子どもを育てながら、夜の世界で自分の店を持つことができた私が、常日頃から心がけていることがあります。それは「考えながら動き、動きながら考える」ことです。社会の多くの人はどちらかといえば慎重派だと思いますから、行動する前にまず熟考するという人が多いと思います。しかし、考えてから動き出そうとすると、どうしても初動が遅れてしまい、動くべき絶好のタイミングを逃すおそれがあります。そんな経験を何度もしてきたので、このときの私は、新天地へ転出する計画を立てながら、同時並行で新たな収入源を確保するための動きも始めました。

新たな収入源として考えたのは、24時間利用できる託児所の運営です。私自身、シングルマザーで、子どもが小さかったときは深夜まで子どもを預かってくれる託児所をよく利用していました。ちなみに夜のお店に勤めている女性は、子持ちの人も少なくありません。夜間、特に深夜まで小さな子どもを預かってくれる託児所が不可欠なのですが、繁華街近くで開設されている24時間対応の託児所は極端に数が少なく、わざわざ遠くの町まで子どもを預けにいく夜の女の子たちが大勢いました。そんな需要も考えて、自分で託児所を作ってしまおうと考えたのです。

母が自殺未遂を起こした2カ月後の２００９年11月、名古屋市中区栄に24時間営業の託児所を開設しました。ただし、自分はこれから名古屋を離れるつもりなので、保育の現場には一切タッチせず、信頼できる友人に現場の管理を任せ、託児所のオーナーとして遠隔経営することにしました。これで、少なくとも月収50万円程度は確保できそうです。

店を閉め、常連さんたちに最後の挨拶

名古屋市中区錦で私が経営するラウンジ「メンバーズ縁」は、しばらく臨時休業を続けたのちに営業を再開しました。お店はたたむ方向で考えていましたが、お店を開店する際には多くのお客さんのお世話になり、その後多くのお客さんにかわいがってもらいました。そんなメンバーズの人たちに、なんの挨拶もしないまま閉店することはできません。店を閉める前に、これまで助けていただいたお客さん一人ひとりに、私から感謝の言葉を伝えたかったのです。

ほとんどの常連さんは、私の母の件をご存じでした。

２００９年12月の最後の営業日、ちょっと照れくさかったのですが、エンディングに定番の「蛍の光」を流すと、この2年数カ月間のさまざまな思い出がよみがえってきて、思わず涙がこぼれました。

お別れのとき、ある常連さんからいただいた言葉が今も胸に残っています。

「これまで、水商売から足を洗って、『私、幸せになるね』と晴れやかな笑顔で旅立っていった女の子やママさんを何人も見てきた。でも、そのうちの何割かは失敗して舞い戻ってくるんだよな。そんなかっこ悪い出戻りにはなるなよ」

なお、救急搬送された母の容態ですが、大学病院で頸椎固定の緊急手術を受けたものの、四肢麻痺は改善せず、首から下は完全に動かなくなりました。ただし生命の危険は去ったので、2009年12月、リハビリ病院に転院することが決まりました。

再婚、そして名古屋脱出へ

2009年12月に錦の私の店を閉めてから、実際に名古屋を脱出するまでに11カ月かかりました。

岐阜県羽島市内の病院に転院した母は、首から下は一切動かないのですが、頭はしっかりしているし、口も達者なので、行く先々の病院の看護師さんにいろいろ無理を言って困らせていたようです。

彼（今の主人）の身辺整理にも時間がかかりました。彼は後任者への業務の引き継ぎが必要なので、すぐに退職というわけにもいかなかったのです。

また、私たちの結婚とそのための準備にも時間を要しました。二人とも再婚ですが、私は初婚のときに式を挙げなかったので、一生に一度くらいは結婚式を挙げたいとわがままを言いました。そのため、式場の選定と予約、出席者の選定と連絡、披露宴の企画立案など、やるべきことがいろいろありました。

私たちのささやかな結婚式は２０１０年８月に行いました。これで、私たちが考えた、名古屋を脱出するまでの工程はすべて完了し、いよいよ海辺の田舎町への転出計画がスタートします。

紀伊半島をロケハンドライブして古座川町へ

海辺の田舎町への転出計画といっても、転出先が最初から決まっていたわけではありません。名古屋から南に下って紀伊半島へ、という大雑把な方向性は決めていましたが実際に現地をロケハンして、自分たちが気に入った町を選んで転居することにしました。

その時、長女は12歳、長男は7歳。子どもたちの意見も聞きながら、私たちは海沿いのルートをたどり、愛知県、三重県、和歌山県へと紀伊半島を南下していきました。

途中、食事やトイレ休憩で何カ所かに止まり、試しにちょっと近くをぶらついたりもして町の雰囲気を確かめました。和歌山県へ入り、本州最南端の串本町に入ってしばらく進むと、急に視界が開け、きれいな赤い橋が見えてきました。車で橋を通過する途中で、主人が突然、「この辺、いいかも……」とつぶやきました。地図で確認すると、橋は古座大橋という名前でした。

橋を渡りきり、その少し先で車を止め、あらためて海と赤い橋が見える風景を眺めます。とても美しいロケーションです。私も子どもたちも、この光景を一目で気に入りました。古座大橋は、古座川が熊野灘に注ぎ込む河口に架かり、古座川は全流域が環境省基準AA類型（最もきれい）に属する清流で、その渓谷は天然記念物の一枚岩などが連なる景勝地でもありました。古座川の流れている古座川町で、古くから林業が盛んだったようです。古座川町自体は海に面していませんが、古座川を少し下ると、河口近くに動鳴気《どめき》漁港があり、アジ、キス、カサゴ、アオリイカなどが釣れるそうです。それらの情報が徐々にわかってくるにつれて、主人は「この辺に住みたい」との思いが強まっていったようです。

そんな風光明媚《めいび》で自然豊かな街なのですが、人はあまり住んでいません。不動産屋をネット検索しても見つからず、結局、車であちこち走り回って、地元の不動産屋を見つけました。

家族全員ここが気に入り、名古屋からの転居先は古座川町に決定です。過疎の町なので空き家があちこちにあり、大きな一軒家を格安の家賃で借りられました。

引っ越しは2010年11月某日に決まりました。

古座川町で心のリハビリを受ける

私たち家族4人が移り住んだ古座川町は過疎の町であり、お年寄りの町でもありました。2010年11月時点での人口は1649世帯3259人、人口密度は1㎢あたり11・08人で、名古屋市中心部の人口密度のおよそ100分の1しかありません。しかもその当時から、住民の2人に1人は65歳以上です。子どもの数も極端に少なく、私の2人の子ども、小学6年生と小学1年生が転入した小学校は全校生徒が12人しかいませんでした。

私の子どもたちが通う小学校では、学校にプールがなく、すぐ近くを流れる清流の古座川で夏の水泳の授業が行われました。上級生になると、岩から川に飛び込んで遊びます。

引っ越してからは、主人も釣りを堪能していました。古座川は水がきれいなので鮎が釣れるそうです。また、古座川町には明治時代に創立された高池の互盟社《ごうめいしゃ》という男衆のための集会所のような施設があって、男性たちが集まって酒盛りしたり、祭りの準備をしたりします。主人もすぐに仲間に入れてもらい、楽しそうに集会に加わったり、仲良くなった人たちと釣りに出かけたりしていました。ときには串本町の港まで足を延ばし、念願の海釣りも楽しんでいました。

いちばん近くのコンビニまで車で20分かかるような場所ですが、不便さを補って余りある美しさがありました。

歩いている人の多くが高年齢なので、町の中を時間がゆっくり流れているように感じます。人口が少なく、昔から住み続けている住民が多く、互いに顔見知りで、道でたまたま出会った人たちが立ち止まって挨拶したり、世間話を始めたりする光景をよく見かけました。都会のようにせかせか歩いている人はほとんどいません。

そんな古座川町に、私は心から癒やされました。母の自殺未遂に衝撃を受け、すべての人間関係に疲れはてて名古屋から脱出してきた私を、古座川町の人たちは温かく迎え入れてくれました。田舎の小さな町は閉鎖的でよそ者に対して冷たいのではないかと危惧していましたが、全然そんなことはありませんでした。

「これ、良かったら食べて」と、自分の畑で採れた野菜や自家製の漬物を持ってきてくれるおばあさん、借家の壊れた石垣を何も言わずに直してくれるおじいさん、「あると便利だと思って」と、いろいろな用途に使えそうな巾着袋を作って持ってきてくれるおばあさん、「この前おいしいって言ってくれたから、また作って持ってきたよ」と、1キロくらい離れた自宅からわざわざよもぎ餅を持ってきてくれるおばあさん。ゆっくり歩いて帰っていくおばあさんの後ろ姿に、私はありがたくて思わず手を合わせていました。

お年寄りは子どもたちもやさしく見守ってくれます。子どもが見当たらなくて、「あれ、うちの子どこ行った？」と思って通りに出てみると、近くのおばあさんが、「ああ、さっき△△のほうへ××ちゃんと歩いていったよ」と教えてくれます。いつも誰かがちゃんと見ていてくれるので安心です。

古座川町に来て、日本の昔のコミュニティはこんなふうに人にやさしく機能していたんだなあ、としみじみ思いました。日本の古き良きムラ社会が残っているのが私にはとても心地よく、ひと息つけるし、ほのぼのとした幸せを感じるのです。

こうしてこの町のお年寄りたちと毎日をゆったり過ごしていると、ひびわれてすさんでいた私の心も、少しずつ柔らかさと弾力を取り戻していくように感じました。今振り返ってみると、古座川町で過ごした日々は、私の「心のリハビリ」期間でした。名古屋を脱出し、古座川町に移住して本当に良かったと今でも思います。

台風12号の水害で家財道具も思い出の品もすべて失う

しかし残念なことに、良いことばかりは続きませんでした。ときどき、「神様、どうして？」と問いかけたくなります。

古座川町に引っ越した翌年の2011年5月、主人がいつかやってみたかったという食べ物屋さんをオープンしました。「窯焼きピッツァ&あんかけパスタのお店おぐり」です。住居として借りている一軒家には離れもあるので、そちらを店舗に改装しました。主人はレンガを組んで本格的なピザ窯を造り、メインメニューも主人が考えました。名古屋には「あんかけ」文化があるので、名古屋らしさを表現するために「あんかけパスタ」を考案しました。

オープン当初は、こんな田舎に本格ピッツァの店？という物珍しさもあって、地元のローカルテレビ局が取材に来るなど話題になり、結構遠くからもお客さんが来てくれました。しばらくしてオープン当初の賑わいは落ち着いてきたので、「そろそろ新メニューを考えて出そうか」と夫婦で話をしている矢先、突如つらい出来事にみまわれることになります。家が台風に襲われたのです。

2011年8月下旬にマリアナ諸島付近で発生し、9月3日に高知県に上陸した台風12号の大雨は、日本全国で死者83人、行方不明者15人、負傷者113人という甚大な被害をもたらしました。特に紀伊半島の被害が大きく、和歌山県だけで土砂崩れや土石流により死者56人、行方不明者5人の人的被害が出ました。古座川町は人的被害こそなかったものの、全壊（流出）1棟、床上浸水556棟、床下浸水140棟などの大規模な浸水被害にみまわれました。道路、橋梁、学校など公的施設の被害だけで被害総額は10億円以上に上りました。

そして、わが小栗家も甚大な被害を受けました。自宅前の古座川が大雨で氾濫・決壊したため、濁流がわが家を襲ったのです。

子ども部屋が離れ（ピッツァの店）の2階にあったので、主人と私が豪雨のなか子ども部屋に駆けつけると、すぐに川が決壊し、あふれた水の水位が急速に上がってきて、2階に上る階段の上から2段目まで水が来てしまいました。あとで計ったところ床上1

メートル40センチの浸水でした。母屋と離れ1階のピッツァの店は全滅です。主人が丹精込めて造ったピザ窯は破壊され、重たい業務用冷蔵庫まで水にぷかぷか浮かぶようなありさまでした。子どもたちは恐怖で泣いていましたが、泣いても焦っても仕方ありません。子どもは泣き疲れて眠り、主人は水位とにらめっこするなか、私はぷかぷか浮いた缶ビールを飲み干し爆睡しました。

翌日の朝にはほとんど水は引いていましたが、わが家が名古屋から持ち込んだ家財道具一式は全損しました。家具や電化製品だけでなく、ホステス時代に買ってもらった数十着の着物も、家族の思い出のアルバムもすべて泥まみれになり、廃棄せざるを得ませんでした。もともと和歌山県のこの地方は雨が多いことで知られ、台風などの水害にもたびたび遭ってきた地域なので、ある程度は覚悟していましたが、持ち物すべてを失ってしまったのは、かなりつらいことでした。主人が開いた念願のピッツァとパスタの店もやむなく廃業です。

そうか、私が資格を取って看護師になればいいんだ！

豪雨水害でほぼ全財産を失ったため、主人と話し合い、生活を根本から見直すことになりました。その当時のわが家の収入は、主人のピッツァとパスタの店の売上、私が名古屋時代から始めた24時間託児所の営業利益、名古屋時代に資格を取っておいた猫（マンチカン）のブリーダーの売上でした。そのうち、ピッツァとパスタの店は廃業したので、売上はゼロになりました。

その時の水害で、自分で店舗を運営していても、何が起こるかわからないと痛感しました。自然災害などの不可抗力で、ある日突然、収入の道が閉ざされてしまう可能性もゼロではありません。

ある日、中学になり進路を考えていた長女に次のような話をしました。長女は弟の世話もよく見るし、性格もやさしいので、人に奉仕する仕事が向いていると思い「災害とか何か突発的なことが起こると、収入がゼロになってしまうこともあるよね。そう考えると、手に職を付けておくほうが安心だと思う。仕事に直結する難しい資格を取っておけば、どこに行っても、何が起こっても食いっぱぐれがないから。例えば、看護師なんてどうかな？　今、看護師さんはどの病院でも足りていないみたいだから、どこでもすぐに使ってくれると思うよ」と。

私の話は長女の心にはまったく響かないようでしたが、折に触れて同じ話を長女に何度かしたところ、長女がこう言い返してきました。

「そんなに看護師がおすすめなんだったら、ママがやれば？」

その瞬間、私は「そうか！」と思いました。考えてみたら、私がこれから勉強して、看護師の資格を取るという道もあるはずです。

すぐに、自分が看護師になった姿をイメージしました。看護師になれば、いつでもどこでも働ける。今は看護師不足だから、引く手あまたのはず。それに、私が看護のプロになったら、寝たきりの状態になっている母についても、専門的な世話ができるかもしれません。

わが家が水害に遭う少し前に、母は岐阜県羽島市のリハビリ病院を退院し、各務原市の家で父と二人暮らしを始めていました。病院に入院していても、医療側でできることはもうあまりなかったようで、そこで一旦自宅に戻り、訪問診療、訪問看護、訪問介護を受けながら生活していくことになっていました。私が看護師になれば、自宅で母にやってあげられることも増えるはずです。

思い立ったら、ただちに検討です。早速、主人と二人だけの家族会議を開き、いくつかのことを決定しました。

①将来的には、私が看護師になって家計を支える。
②そのためには、私が看護学校に入学しなければならず、入学試験に合格しなければいけない。
③しかし、看護学校は高卒以上でないと受験できないので、高校を中退している私はその前に高卒認定試験に合格しなければいけない。
④いずれにしろ、私は受験勉強を一定期間続けなければならないので、あまり働けない。

そこで、当座は主人にがんばって稼いでもらう。

主人だけ働かせて、私だけ遊んでいるわけにはいきません。看護師を目指すための勉強をしながら、少しでも家計の足しになるよう、空き時間に何かアルバイトをしようと思いました。

ネットで探してみると、隣町の串本町の精神科病院で看護助手のアルバイトを募集していました。看護助手をやるのに資格は必要なく、しかも看護学校の初期に習うようなことを実地で行います。例えば、看護学校にはベッドメイキングの授業があり、実技試験もあるのですが、看護助手のアルバイトは実際にベッドメイキングの作業があるし、看護学校の初期でやるような実技も体験できそうです。それらの技術に今から習熟しておけば、看護学校に入ってから、同級生たちより一歩リードできます。私は早速そのアルバイトに応募し、すぐに採用されました。

こうして豪雨災害をきっかけに、小栗家も新たな展開を迎えます。2011年11月から、主人はダンプカーの運転手として働き始め、私は看護助手のアルバイトを始めました。

なお、こういう展開になった以上、名古屋の託児所を遠隔経営していくのが難しくなったので、それまで施設を利用していた人に別の託児所を探してもらうまで3カ月の猶予を取り、廃業届を出しました。

高校を中退していたので、まずは高卒認定試験から

看護助手のアルバイトは思ったとおり功を奏しました。ベッドメイキングなど看護師に必要な実技を一足早く学べたし、看護師さんや患者さんとの交流を通して、自分が看護師になるイメージに明確に持つことができました。これがのちのち、看護学校の受験勉強をするときも、「私はがんばって、あんな看護師さんになるんだ！」というモチベーションにつながりました。

私は、これから何か新しいことを始めようというとき、あえて周りに言いふらすようにしています。看護助手のアルバイトをしているときも、アルバイト先で知り合った医師、看護師、患者の皆さんに、「これからがんばって看護師になります」と言っていました。そうやって自分にプレッシャーを掛け、もうあとには引けない状態をつくれば、いやでも看護師になるために勉強することになります。私は〝言霊〟というものを信じているので、言葉に出して言っているうちに、それが現実になるという体験を何度もし

てきました。

自己啓発の世界では、なりたい自分になるための肯定的な宣言を繰り返し発することで、実際になりたい自分になれるという、自己暗示の方法があるそうです（「アファメーション」というそうです）。具体的には、なりたい自分を肯定文かつ現在形で書くのがいいといわれています。例えば、「私は看護師になりたい」ではなく、「私は看護師です」という一文を書き、それを繰り返し唱えるのです。

さて、看護師になるためには、文部科学大臣か厚生労働大臣指定の4年制大学、3年制の短大か専門学校を卒業し、さらに看護師国家試験に合格しなければなりません。私は3年制の専門学校である看護学校への入学を考えていて、看護学校を受験するには、高校卒業の学歴が必要です。

しかし、不良だった私は高校2年で退学になっているので、看護学校を受験するためには、まず高卒認定試験に合格しなければなりません。ただし、高校を退学するまでに、高卒認定に必要な科目の単位を取得していれば、その科目の試験は免除されます。そこで、ちょっと恥ずかしかったのですが、高校2年の夏までお世話になった高校におよそ15年ぶりに連絡して、「高卒認定試験を受験するので、どの科目で単位が取れているかを教えてください」とお願いしました。その結果、私は国語・数学・英語・化学基礎の4科目について、新たに高卒認定試験を受けなければならないことがわかりました。

私は最初に巡ってくる試験日で一発合格を目指しました。文部科学省のホームページに掲載されている高卒認定試験の各科目の過去問題と解答を使い、過去問演習をひたすら繰り返しました。

結果は4科目とも合格。人のためになんとかしたいと動き出すと、力が湧いてくるものだとつくづく感じました。

みんながツラいという看護学校の実習が楽しかったわけ

2014年4月、私は和歌山県立の看護学校に入学しました。「高卒認定試験から少し時間が経っているのは、その間に私が第3子を妊娠し、2013年3月に出産しているからです。

一般入試で看護学校に入学するには、学科試験（英語コミュニケーション・数学Ⅰ・現代国語・生物基礎）と面接試験に合格しなければなりません。試験日は1月中旬の2日間で、生まれたばかりの赤ん坊の世話をしながらの受験勉強でした。

入試の結果は「補欠1番」、つまり、ぎりぎりでアウトでした。合格者のうち誰か1人が入学を辞退すれば入学できます。どっちに転ぶかわからない、結果は神のみぞ知るというところが、まさにこれまでの私の人生を象徴しているかのようでした。「もしも私が看護師になる運命なら、きっと補欠入学できる」と思っていたら、本当にそのとおりになり、補欠合格となりました。

入学してみると、1学年40人で、そのうち30人が高校を卒業したての18歳で、20代社会人5人、残り5人が私と同年代の社会人でした。

3年間の学生生活は、思いがけなく楽しい日々でした。10代の頃はまともに学校に行っていなかったので、同級生と同じ目標に向かって勉強に取り組む楽しさを初めて知りました。私の人生はずっと普通ではなかったので、普通に勉強できるだけで楽しかったともいえます。何者かになるため勉強するのも初めての経験で、覚えなければならないことはすべて将来の仕事に役立つのですから、とてもやりがいを感じました。

10代の若い同級生たちは、「勉強がつらい。宿題や課題は徹夜しないと終わらないし、特に実習はつらくて何度も泣いた」と言っていましたが、私は宿題も課題も楽しんで取り組むことができました。看護師になるという未来に、一歩ずつ着実に近づいているんだと実感できるので、楽しくて仕方ないのです。当時お世話になった看護学校の先生方とはいまだに交流があるのですが、「あんなに楽しそうに看護実習に取り組んでいたのは、本校の長い歴史のなかで、後にも先にもあなただけ」と言われました。

看護学校の実習は、3年間で合計23週間実施され、基本は1人の学生が1人の入院患者さんを朝から晩まで2週間担当します。まず、患者さんの病状や個性に合わせて看護計画を立案し、看護学校の先生と、指導者である現場の看護師さんのチェックを受け、実際に看護ケアを行い、それを先生と看護師の方が見ていて、指導を行います。そういった実習を基礎、成人、在宅、小児、母性、精神、老年などの領域ごとに行っていきます。

若い看護学生が実習をつらく感じるのは、最初は患者さんとどう接していいかわからないからだと思います。末期のがん患者さんもいれば、不治の病といわれる難病と闘っている患者さんもいます。そんな患者さんにどう話しかければいいのか、みな戸惑っているようでした。高校を卒業したばかりの10代の子たちは、社会性もコミュニケーション能力もこれから備えていく時期だと思うので、本当にどう話しかけていいかわからず、緊張もあり患者さんの前で固まってしまうようでした。

その実習生が本当に患者さんに寄り添う気持ちになっているかどうか、患者さんは敏感に察知します。明日大きな手術を控えているとか、今この瞬間も痛みを抱えているとか、患者さんは平常時よりも神経が鋭敏になっているので上っ面のやさしさなどはすぐに見破ってしまいます。そうなると、患者さんも実習生に対してキツい言葉が出てしまうし、近くで観察している看護学校の先生や担当の看護師さんからもダメ出しされます。今の若者は叱られることに慣れていないので、それだけで落ち込んでしまいます。

私たちが接する患者さんたちは全員、看護学生がお世話することを事前に了解してくれている人ばかりです。患者さんはつらい状況にあるのに、「自分を練習台にしていいよ」と言ってくれている人たちです。だから私たち実習生は、その患者さんに全集中でケアにあたらなければ、申し訳が立ちません。つらいのは実習生ではなく、患者さんのほうなのですから。

私が実習を「楽しい」と思えたのは、夜の世界で培ったコミュニケーション能力を存分に発揮できたからだと思っています。私の店に飲みに来るお客さんへの接し方も、ケガや病気で入院している患者さんへの接し方も、基本は同じだと思います。大切なのは、今相手が何を望んでいるかを察知して、速やかにそれを提供することです。患者さんのなかには、やさしい言葉をかけてほしい人もいれば、叱咤激励してほしい人もいます。気分が上がるような話をしてほしいときもあれば、黙ってそばについていてほしいだけのときもあります。つまり、看護師に期待することは患者さん一人ひとり違うし、同じ患者さんでも状況によって異なります。患者さんの仕草や表情や発する言葉、私の言動に対するちょっとした反応によって、患者さんが望むものを確実に提供する必要があるのです。

私は、相手のニーズを汲み取るセンサーを、長年の夜の仕事を通して発達させてきました。幼少期に母の顔色を見て育った経験が、もともとのセンサーの感度を高めるのに大いに役立っているかもしれません。今振り返ると、人生において無駄な経験はひとつもない気がします。たとえそれがつらい経験だったとしても、人はそこから何かを学び人生の引き出しを増やすことができます。私の場合は、目の前にいる人のニーズを的確に読み取るセンサーを磨くことができました。今はそれを、患者さんの望むことをしてあげることに利用できると思いました。

こんなケースがありました。痛みの発作のある病気を抱えた患者さんが、痛みを我慢してじっと座っていました。ところが、その患者さんを担当する実習生は、その患者さんに何も言えず、ただ黙っていました。その後、その実習生は「なぜあのとき、患者さんのために何かしようと思わなかったのですか」と看護学校の先生に叱られていました。

私ならどうするかを考えてみました。私はどんなときでも、患者さんと同じ時間を共有することが大事だと思っているので、患者さんがいかにも苦しそうで、こちらから声をかけられない状況だったとすれば、黙って横に座り、患者さんの手を握ってあげたいと思います。「私がうっとうしかったら、言ってね」と声をかけながら。

現場の指導者である看護師さんとすぐに仲良しになれることも、私が実習を楽しいと思えた理由のひとつでした。今でも印象に残っているのは、ある病院の産婦人科で2週間実習させてもらったときのことです。精神的に不安定な若い初産の妊婦さんを看護師さんと一緒に励まし、お母さんになる自信をつけてもらい、無事に元気な赤ちゃんを産んでくれたときは心から感動しました。実習最後の日、指導の看護師さんが「この2週間、小栗さんと実習できて楽しかった」と泣いてくれると、看護学校の先生も「とても充実した素晴らしい実習だった！」と泣いてくれて、私と3人で大泣きしました。

看護学校で過ごした3年間、私にはいい思い出しかありません。卒業する日、補欠合格した私が答辞を読む卒業生代表に選ばれたのには驚きました。自分のコミュニケーション能力を評価いただけたのだと思いましたが、それは自分が苦しい思いをすることで培ってきたものでした。学校側も、私を卒業生代表に選ぶことで、「患者さんに寄り添える看護師になってほしい」というメッセージを学生たちに伝えたかったのかもしれません。

私は2017年3月に看護学校を無事卒業しました。そして、看護師国家試験にも合格し、4月1日からいよいよ私の看護師人生がスタートしました。

第6章

ナーシングホーム

すべての人が自分らしく過ごせる「みんなの居場所」開業へ

ハードな職場を希望し、総合病院の外科に勤務

２０１７年４月１日、看護師になった私の最初の勤務先は、岐阜県美濃加茂市にある、両親の自宅に近い総合病院でした。

看護師は病院に就職するとき、通例として、自分が働きたい診療科の希望を出すことができます。この病院では第３希望まで出せたので、第１希望：ＩＣＵ、第２希望：外科、第３希望：消化器内科と書き、第２希望の外科に配属されました。

医療関係者ならすぐにわかると思いますが、私が希望したのは、特に緊急性を要するハードな現場ばかりです。最初にハードな現場を経験しておいたほうが、あらゆる現場への対応力が高まるだろうと考えたからです。

私が勤務した病院の外科病棟には、手術前と手術後のがん患者さんが大勢入院していました。手術前の患者さんは大きな不安を抱えていて、精神的なケアが必要になります。また手術後の患者さんには感染症など合併症のリスクがあり、経過をより注意深く見守

る必要があります。看護師として、とてもやりがいのある職場でした。ただ、患者さんの出入りが激しい病棟だったので、患者さん一人ひとりに寄り添う時間があまり取れず、その意味でフラストレーションのたまる職場でもありました。もう少し時間があれば、患者さんにもっといろいろなことをしてあげられるのにと、思いながら、実際にはそれができていないというジレンマがありました。

初めて患者さんの立場を経験する

美濃加茂市の総合病院は結局1年半で退職することになるのですが、退職する半年ほど前、実は生まれて初めて「病気で入院して手術を受ける」という経験をしました。

ある日、左胸に違和感を覚え、触ってみると柔らかいしこりのようなものがあります。気になって、自分が勤務していた総合病院の乳腺外科を受診しましたが、特に問題はないという診断でした。それで一旦はほっとしたのですが、そのしこりは見る見るうちに大きくなって、あっという間に3センチ大にまで大きくなりました。勤務先の乳腺外科には一度診てもらっているので、代わりに自宅近くのクリニックを受診したところ「葉状腫瘍」と診断されました。葉状腫瘍は乳がんとは違いますが、良性・境界性・悪性に分類され、悪性のものは転移するので要注意です。幸い、私の葉状腫瘍は良性でしたが、局所再発することがあり、再発を繰り返すと悪性化するおそれもあるため、入院して手術を受け、切除してもらうことにしました。

入院先は、クリニックの先生が勤める大学病院です。全身麻酔で手術を受け、その後1週間入院しました。出産以外で入院したのは生まれて初めてです。

特に危険はないとわかっていましたが、手術前日はやはり不安でした。もし死んでしまったらどうしようとか、考えなくてもいいことをいろいろ考えてしまいます。そのとき、はっと気づきました。そうか、手術前日の患者さんはこんなふうに不安になるのだと。また、全身麻酔から覚めたときは強い吐き気に襲われます。患者さんが手術後によく言っていた「気持ち悪さ」の正体はこれかと納得しました。

その他、患者さんの立場になると、いろいろなことに気がづきます。いまの看護師さんの話し方は嫌だな、声のトーンや語尾には気をつけよう、とか。カーテンのちょうど目の高さのところに汚れがあると、すごく気になるな、とか。自分自身が患者になった経験をすると、これまで持っていなかった視点から看護を考えることができます。私にとっては、これも貴重な経験になりました。コミュニケーションにおいては、ときに相手の立場に立って考えてみることが重要だとよくいわれます。それまでの私も、できるだけ相手の立場に立って考えようとしてきましたが、やはりそれにも限界があることを、この患者経験を通してあらためて理解しました。このとき以来、相手の立場に立っているつもりだけではわからないこともあると、しっかり認識するようになりました。

訪問診療の現場の激務を体験する

美濃加茂市の総合病院を退職したあと、訪問診療を専門に行うクリニックに勤務しました。病院で患者さんがどう扱われているかは、総合病院ですでに1年半じっくり見てきたので、訪問診療専門の医師の先生が在宅でどんな診療をするのか、在宅の患者さんがどう扱われるかを見てみたいという気持ちがありました。当時、四肢麻痺で寝たきり状態だった私の母も自宅で訪問診療を受けていたので、在宅医療では何ができて何ができないのか、その限界を探ってみたいという気持ちも当然ありました。

その訪問診療専門クリニックは愛知県と岐阜県を活動エリアにしていて、そこに医師と看護師の詰め所である拠点を数カ所持っていました。私は自宅に近い岐阜県内の拠点勤務を希望したのですが、そこの定員には空きがなく、愛知県内の拠点に勤めることになります。

クリニックでの仕事はハードでした。1日に回る訪問件数がとても多く、施設訪問も含めると1日20件以上回ることもざらにありました。また、訪問診療に同行する看護師は、移動に使う車の運転手も兼ねているので、一日中気の休まるときがありません。

看護師は毎朝出勤すると、その日訪問する予定の患者さんをタブレットで確認し、どんな順番でどんなルートで回るのが最も効率がいいかを見極め、そのルート設定から始めなければなりません。看護師は職業ドライバーではないので、このルート設定がとても難しく、時間もかかりました。

目的地にようやく到着しても気が抜けません。患者さんの自宅前で先生を降ろし、急いで車を駐車してから、必要な医療資材を持って患者さんの自宅まで急いで戻り、先生が今日行うといっていた処置の準備をしていると、医師の先生から「小栗さん、まだ？」とせかされます。訪問診療の看護師は本当に、一人で何役もこなさなければなりません。

非常勤の医師の先生はそこまで厳しくありませんが、逆に患者さんをたまにしか診ていないので、次の患者さんの自宅に向かう途中、「次の患者さんは今こういう状態で、前回はこういう処置をしたので、今回はこういう処置が必要になります……」と、これまでの経過を運転しながら説明しなければなりません。これはこれで神経を使いました。

また、この仕事は「夜間待機」のシフトもあります。通常勤務は午前8時30分から午後5時30分までですが、何日かに一回、夜間待機の順番が回ってきます。夜間待機になると、午後5時30分から翌朝8時30分まで詰め所に待機し、患者さんから要請があれば、すぐに自宅に向かいます。そのクリニックは、「患者さんからお願いされたら、たとえ爪切りだけの処置でも急行するように」という患者さんファーストの方針だったので、本当に爪切りのためだけに出動することもありました。自分で爪が切れない患者さんの場合、足の爪が布団にあたって痛くて眠れないというケースも実際にありますから。多い夜は一晩で10回以上出動したこともあります。患者さんに何かあれば、まず看護師が急行して状況を確認し、医師の指示を仰ぎ、場合によっては医師に来てもらいます。

その当時、私は20歳、15歳、5歳と3人の子の母親で、いちばん下の子はまだまだ手がかかりました。本来なら、訪問診療の看護師のような、勤務時間の不規則な仕事はできないはずです。しかし、その当時は、主人が私を支えてくれました。土日にしっかり休めて、平日も午後5時までしか勤務のないデイサービスの仕事を自分で見つけて就いてくれたのです。それで、子守りはすべて主人に任せ、看護の仕事に全力投球できました。

この訪問診療の看護師の仕事は心身ともにとてもハードでしたが、のちに私が訪問看護ステーションを立ち上げるうえで、とても参考になりました。訪問診療が具体的にはどのように行われていて、そこで患者さんがどんな医療を受けていて、そこにどのような難しさがあるかをつぶさに見ることができたからです。患者さんが質の高い在宅医療を受けられるようになるには、訪問看護師の役割が大きいと気づくことができました。訪問診療医師より訪問看護師のほうがはるかに患者さんとの時間を共有しており、定期診察から次の定期診察までの医師が知らない状態や様子を適切に報告することで、「見ていない間の様子を知る」ことができます。それを把握することで、結果として患者さんの利益になり、質の高い在宅医療が受けられるのです。看護学生時代に「看護師は患者さんの代弁者」という言葉を聞きました。看護師が医師と患者さんとの橋渡し、緩衝材になることで在宅療養生活の質が上がるというわけです。そういう意味でも、私の仕事を支えてくれた主人には感謝しています。

金儲け主義のナーシングホームで看護管理者の椅子を用意される

総合病院では、病院に入院している患者さんの様子を知り、そこで働く看護師の仕事を経験しました。訪問診療クリニックでは、在宅で訪問診療を受けている患者さんの様子を知り、その現場で働く看護師の仕事を経験しました。私は次に、施設に入所している患者さんの様子を知りたいと思いました。

そこで2019年9月、私は岐阜県美濃加茂市にあるナーシングホームに転職します。

ナーシングホームとは、介護スタッフだけでなく看護師も常駐し、通常より医療依存度の高い高齢者、例えば末期がんの患者さんや難病の患者さんなどが主に入所する老人ホームです。

採用面接のとき、幹部の人は「ご家族も安心して患者様を任せることのできる、安心の医療と温かい介護を提供する」ことがポリシーだと力説していました。いい施設に転職できたなと思っていたのですが、実際に勤務してみると、本部と現場では空気感が違っていて、あまりなじめないタイプの事業者だとわかりました。一言でいえば金儲け重視の事業者だったのです。そこで暮らしている入所者さんたちを見ると、確かに点滴はしてもらえるし、経管栄養で生命は維持できているのですが、そこに入所者さんの幸せがあるかといえば、それはないように感じました。

入所している18人の入所者さんに対して、日中は看護師2人と介護スタッフ3人が、夜間は看護師1人と介護スタッフ1人がお世話します。サービスの質を高めるには明らかに人員が足りず、私には、入所者さんたちはとりあえず死なずに生かされている、という印象でした。この施設では、看護師としての私のアイデンティティである「とことん患者さんに寄り添う」など、とても実現できそうにありません。

早々に辞めようと思っていると、本部からいきなり連絡が来ました。今度、近隣に新たなナーシングホームを立ち上げるので、そちらに看護管理者として移ってほしいというのです。

一から施設を立ち上げ、そこの看護管理者を任されるのであれば、ある程度は自分が理想とする看護を実現できるかもしれません。そう考えると、悪い話ではないようにも思えました。

さらに詳しく話を聞くために、本部に出向きました。そこで新たな施設Aのパース図や間取り図などの各種資料を見て、「これまでの看護師としての経験を思う存分に発揮して、自分が正しいと思うことを勇気を持って実現してほしい」などとも激励され、一瞬、話を受ける方向に気持ちが傾きましたが、その場の雰囲気で結論を出すのは危険だと思い、前向きに考えたいとだけ答えて本部をあとにしました。

その時点で、私の気持ちは80％くらいOKする方向で固まっていました。ところがその翌日、本部からかかってきた電話に愕然とします。

「昨日の話だけど、やっぱり施設Aじゃなくて施設Bに行ってほしい」

確かに施設を複数建設する話は聞いていましたが、私が共感したのは施設Aについてであり、建設予定地も離れているし、建物の規模もずいぶん異なっているようでした。なんだか従業員を駒のように扱っている感じがして、そう思った瞬間、今度は頭の中で「ゴーン！」と銅鑼《どら》の音が聞こえたような気がしました。そしてその合図の音とともに、私の退職する意思は固まりました。

と同時に、「いつまでも人に使われているから、理想の看護が実現できないのだ」と思いました。だったら、自分が事業所を立ち上げればいいのではないかと。

人生とは不思議なものです。その前日まで、自分で事業所を立ち上げようだなんて1ミリも考えていなかった私が、会社から身勝手な要求をされた瞬間、「自分で会社を作ろう！」と思いついたのです。

その会社には「今回の経験をきっかけに自分で会社を起こすことにしました」と宣言し、すっぱり退職しました。2019年12月のことでした。

母の死と不可思議なメッセンジャー

このあと私は「結ホームナーシング合同会社」を起業するのですが、ここで母にまつわる少し不思議な話をお伝えしたいと思います。2009年9月にマンションの6階から飛び降り自殺を図った母は、一命を取り留めたものの、首から下が動かせない障がい者になりました。しばらくは病院で療養生活を送りましたが、四肢麻痺が回復する見込みはなく、自宅に戻り、父と二人暮らしを始めました。その後、在宅医療を受けていましたが、看護師さん、ケアマネージャーさん、介護ヘルパーさんたちをずいぶん困らせたようです。

理不尽な要求でいちばん多かったのが、「航空自衛隊に電話をかけろ」というものだったそうです。自宅のある岐阜県各務原市には航空自衛隊の基地があり、自衛隊機が連日訓練飛行をしているのですが、そのたびにヘルパーさんに「爆音がうるさくて眠れない。基地に電話して」と要求したそうです。対応はヘルパーさんによって違ったそうですが、もう母の世話はできないと、ケアマネさんもヘルパーさんも次々に辞めていったそうです。

そんな母も寝たきりになって10年後の2019年6月、体調を崩して病院に入院しました。そしておよそ2カ月後、父や私に看取られながらあちらの世界に旅立ちました。59年の短い生涯でした。

私が先ほどのナーシングホームに転職したのは母が亡くなった翌月のことで、勤務先の誰にも母が亡くなったことは伝えていなかったのですが、勤務して1週間目で初めて夜勤を経験した夜、一緒に当直した介護スタッフの女性が突然おかしなことを言い出しました。

「本当にごめん、これから変な話をするけど、どうか許してね。実はあなたのお母さんがすぐ近くにいて、あなたに気持ちを伝えてほしいって私にずっと言っているの。気分のいい話ではないし、信じない人も多いから黙っておこうと思ったんだけど、とにかくお母さんの『伝えて！』という圧がすごいから、伝えます。お母さんはあなたにとても感謝してるって。いろいろ迷惑をかけてごめんって言ってる。仕事をがんばってるのは知っているけど、少し働きすぎだから、自分の身体のことも考えてほしいって。少し休みなさいって言っています」

そのスタッフとは、それまで個人的な話は一切したことがなかったので、とても驚きました。その人は軽口を言うタイプではなく、私の母が直近で亡くなったこともちろん伝えていません。つまり、彼女が私にそんな話をしなければならない理由は何ひとつないのです。そう考えると、その人には母が本当に見えていたのかもしれません。

母にはもう少し長生きしてほしかったです。夜の仕事から一転して看護師の資格を取り、病院、訪問診療、ナーシングホーム（医療付き老人ホーム）の現場を経験し、やっと母の世話ができると思った途端に、母は旅立ってしまいました。まるで、「私のことはもういいから、私の代わりにたくさんの人を助けてあげて」と言うかのように。とはいえ、私のことを心配して「働きすぎに注意」と、介護スタッフの人の体を通じてメッセージを送ってくれたのかもしれません。

ちなみに、いろいろなご縁がつながって、そのスタッフは現在私の会社で右腕として働いてくれています。

理想の看護を実現するため、会社を立ち上げる

会社に振り回されるのではなく、自分の目指す看護を実現するために、自分で会社を立ち上げよう。そう思いついてからの展開は、急速に進んでいきました。

お金を出せば、起業の大部分を代行してくれるサービスもあったのですが、「経営について何も知らない経営者」にはなりたくなかったので、自分でできることはすべて自分でやろうと決めて、自分で動きました。専門家にお願いしたのは、司法書士事務所に会社の定款を作ってもらったことだけです。あとは自分で法務局に何度も足を運び、係の人にいろいろ教えてもらいながら、合同会社設立の登記を済ませました。社名は「結ホームナーシング合同会社」にしました。設立は2020年1月22日です。

そこから2カ月半かけて、実際に看護を行う事業所を立ち上げていきました。私たちは病院や施設といった箱物は持っていないので、看護の形としては「訪問看護」を選択しました。連絡の拠点となる事務所は作る必要があったので、不動産屋さんで物件を探

し、岐阜県可児市に事務所を設けました。設置は2020年4月1日で、「訪問看護ステーション　むすびケア」としました。

社名の「結」は私の本名の「由依」に由来しています。「むすび」は「結」の訓読みで、かつて名古屋の錦で営業していたラウンジの「メンバーズ縁」にもつながっています。夜の仕事にしろ、看護の仕事にしろ、相手はあくまでも人であり、人と人との関係性の中で常に私の仕事は成立していました。「由依」という名前を付けたのは母ですが、「由依＝結」はまるで言霊のように、その後の私の人生を決定づけたように感じています。そして次第に、「人と人との縁を結んでいくこと」が、私の人生の大きなテーマになっていきました。

さて、訪問看護ステーションは私一人では回せません。在宅またはホーム入所の患者さんに継続的な訪問看護サービスを提供するには、私以外に看護師があと2人必要でした。そこで求人し、面接して2人を採用しました。2人とも、初めて会ったとは思えないほど相性抜群の人たちで、今現在も助さん格さんとして会社を支えてくれています。

ケアマネージャーさんに営業マンになってもらう

訪問看護ステーションを立ち上げたものの、最初はまったく仕事がありませんでした。そこで、新規採用した2人の看護師には、「今後必要になりそうなものを事務所で作っておいてください」とお願いして、私一人で営業活動に出かけました。

訪問看護ステーションの顧客となってくれそうなのは、在宅の患者さんの存在を知っていて、かつ訪問看護を依頼する立場にある人たちです。つまり、総合病院の地域連携室、看護ステーションを持たない高齢者施設、医療が必要な在宅の要介護者を知っているケアマネージャーなどになります。そこで私は、この地域の顧客候補リストを作成し、片っ端から訪問して歩くことにしました。ちょうどコロナ禍だったので、事前のアポイントメントは必須で、お会いできないことも多かったです。

営業先で私が常に心がけていたのは、「仕事をください」とは絶対に言わないことです。もちろん、先方は私が営業に来たのだとわかっているのですが、「仕事をください」とあからさまに言っても、すぐに仕事をくれるわけではありません。むしろ、仕事がほしいという欲を前面に出すのではなく、私という人間、人となりを知ってもらうことが重要だと考えました。どんな想いで開設し、どんな訪問看護がしたいのか、強みや売りは何かを語るのです。こうしたノウハウはクラブホステス時代に習得したものです。

私が使ったキラーワードは「何かお手伝いさせてください」でした。自分で作成した簡単なスライド動画をタブレットで見せながら、「今度こういう訪問看護ステーションを立ち上げましたので、私どもに何かお手伝いできることがあれば、なんでもおっしゃってください」というふうに伝えました。

実は、会社を立ち上げた2020年4月は、新型コロナで緊急事態宣言が発出されたタイミングでした。人と人が会うことが極端に制限され、私たちにとっては思い切り逆風が吹いていました。そのため最初は本当に苦戦しましたが、やがて新規に仕事を獲得する必勝パターンが見えてきました。それは、ケアマネージャーさんと重点的に交流を図ることでした。

ケアマネージャーさんは地域の同業者同士、緊密な横のつながりがあります。そこで、

1人のケアマネさんの仕事をして評価されると、「この前、むすびさん（むすびケア＝私の事業所）を使ったけど、めっちゃ良かったよ」などと別のケアマネさんにクチコミで伝えてくれるのです。そこから先は、私が営業しなくても、多くのケアマネさんが実質的に私たちの営業マンになってくれるようなものです。そのとき、「あのケアマネさん、口うるさいよね」と周囲から少し煙たがられているケアマネさんほど、強力な営業マンになってくれることがわかりました。口うるさいケアマネさんとは、それだけ利用者さんのことを真剣に考えている人であり、介護事業者にもはっきり物を申せる人でもあります。裏を返せば、とても頼れる志の高いケアマネさんなのです。そういったケアマネさんとのパイプを太くしておけば、「困ったときはむすびさん！」とこちらを頼ってくれるし、こちらもケアマネさんの力になることができ、相互にいい関係が出来上がるのです。やはり人と人との結びつきは大事だなあと、いまさらのように思います。

多くのケアマネージャーさんから仕事をいただくことで、訪問看護ステーションの業績は一気に好転しました。4月に設立して、6月には経営的に黒字化を果たし、スタッフも増員することになりました。

実利はあとからついてくる「入所したい、させたい」有料老人ホームの作り方

2020年4月から始めた私たちの訪問看護事業は、やがて新たな事業展開へとつながっていきました。それが2021年7月の、住宅型有料老人ホーム「くらしハウスむすび」の開業です。

私たち訪問看護事業のお客さんには、看護師の常駐しない住宅型有料老人ホームも含まれます。岐阜県にある老人ホームMも、早くから私たちに訪問看護を依頼してきたお客さんでした。

ただ、この老人ホームは明らかに問題を抱えていました。施設は新築でデザイン的にも美しいのですが、利用者さんの数に比べて、介護スタッフの数が明らかに足りていないのです。30の個室に30人の利用者さんが入居していますが、昼間に常駐している介護スタッフは2〜3人だけで、夜間にはそれがたった1人になってしまいます。

少ないスタッフで大勢の利用者さんを見ているのであれば、スタッフはきっと休む間もなく働いているのだろうと思ったら、そうではありませんでした。私たち訪問看護のスタッフがそのホームを訪れたとき、2人のスタッフは利用者さんそっちのけで、たいていはデイルームに座っておしゃべりしていました。それも大半は利用者さんたちの悪口なのです。

「××さんは最近さらにボケたよね」

「そうそう。だから何を言っても大丈夫だよね」

うちのスタッフはそんな会話を苦々しく思いながら、看護が必要な利用者さんに必要な処置を施します。そして、例えば寝たきりのおばあちゃんの褥瘡《じょくそう》がなかなか良くならない場合は、「除圧をしっかりしてあげてくださいね」などと介護スタッフにアドバイスするのですが、「はあ……」と明らかに不機嫌な反応をされます。介護スタッフは言葉にこそ出さないものの「余計なお世話です」とでも言いたげな表情です。

このように介護スタッフ数が明らかに足りない施設では、ときに、いままで元気に歩けていた利用者さんをあえて寝たきりにするような介護がしばしば行われます。例えば、認知症で昼夜が逆転してしまい、夜眠れない利用者さんが徘徊したりすると、夜間1人しかいない介護スタッフでは対応できません。そこでスタッフは担当医にお願いして、夜寝てくれるように睡眠薬を処方してもらいます。すると、利用者さんは歩こうとしても薬の効果でふらついてしまい、しばしば転倒します。お年寄りは骨が弱くなっているので、転倒すると骨折リスクがあります。特に、大腿骨頸部を骨折すると、その利用者さんはもう寝たきりになるしかありません。一人の利用者さんが寝たきりになれば、それだけ介護スタッフの仕事は楽になります。残念ながら、こうした介護を行う老人ホームも、決して少なくないのです。

私たち訪問看護ステーションにとって、こうした老人ホームもひとつのお客さんです。しかしあるとき、このホームを担当していたうちのスタッフが、「あんなひどい施設の片棒をかつぎたくないから、もうあそこには訪問看護に行きたくない」と言い出しました。そのスタッフの言うことはもっともなので、なんとか施設に改善してもらう方法はないかとスタッフ全員で考えましたが、私たちが何を言っても変わりそうにありません。「そもそも、なぜあんな老人ホームが存在するんだろう」「なぜもっと利用者さん本位の、例えば利用者さんが夜眠れないなら、スタッフも寝ないで相手をしてあげるような、そういう施設がないのだろう」などと意見を出し合う中で、一人のスタッフが突然言い出しました。「だったら、由依さんがそういう施設を作ればいいんじゃないですか」。私以外の全員が賛成したので、私も施設開設を前向きに検討せざるを得なくなりました。

「この地域に存在しないなら、自分で作ればいい」。いつも節目節目で、そんな声を受けて、私は新しいものを作ってきたような気がします。かつて私が、名古屋の錦に自分のお店を出したいと夢見たのは、自分の城を築きたい、がんばった証しが欲しいという気持ちだったように思います。一方、栄の託児所は、自分も託児所が少ないことを不便に感じていたので、必要に迫られて開設しました。現在の結ホームナーシングも、理想の看護を実現するという必要に迫られて作った会社であり、次に開設した私たちの老人ホームも、いわば必要に迫られて作ったものです。

ちょうどその頃、新たにお付き合いが始まった金融機関から、「業績好調な御社にぜひ融資をしたいので、何か新たに始めたい事業はありませんか」と聞かれていました。金融機関からは新たな事業について聞かれ、スタッフから新たな老人ホーム建設を要望されたため、このタイミングで2つの話が同時に持ち上がったのは偶然ではないと私は感じました。これこそ、行動を起こすべきタイミングなのだと感じたのです。私は金融機関に改めて融資をお願いして、自分たちで理想的な介護ができる住宅型有料老人ホームを作ることにしました。

私たちの理想を実現するために、私たちがこれから作る老人ホームにはいくつかの条件を付けました。予算をかけられないので、中古住宅をリフォームして使うことが前提です。

条件①は、入所者を少人数にすることでした。一般的な有料老人ホームは20～40床と多床型が多いのですが、人は生きており動き回るのが正常なので、利用者の数が多いと行動を制限しない限りスタッフは質の高い介護を提供できません。その人らしく過ごしてもらうには手間ひまを惜しまないやさしいスタッフと環境作りがポイントになります。そこで、思い切って利用者数を少なくし、最大8人としました。

条件②は、子どもの声が近くに聞こえることです。介護の世界では「幼老共生」が重要だといわれます。認知症の人も小さな子どもを見ると、子育て時代を思い出すのか、しゃきっとしたりするのです。一方の子どもは核家族化に伴いお年寄りと密に関わることが少ないので、自分より年上で大人であるのに、お手伝いしてあげなければならないことがあることを知ります。「老いの理解」や「道徳心」を培う機会となります。そこで、両者が近接して生活する環境を作ってあげれば、双方に大きなメリットが生まれると思ったのです。

条件③は、畑を併設できることです。利用者さんには、その土地で採れた旬のものを食べる幸せを味わってほしいし、この地域はかつて畑仕事をしていたというお年寄りが多いので、久しぶりに畑で作業してもらえば、昔を思い出して元気になれるのではと考えました。

この条件に対して、融資してくれる金融機関の担当者は、特に「少人数」というところに引っかかったようです。入居者がたった8人だと採算が取れないのではないか、ビジネスとしてきちんと成立するのですか、と疑念を持たれました。それに対して私は、実際は老人ホームと訪問看護ステーション、ヘルパーステーションを自社で持っているため、十分に採算が取れると答えました。

多くの老人ホームが多床型にしているのは、まず稼働率の問題であり、選ばれる老人ホームでなければ空室が多くなり、その分を埋めるために人員は最低限にし、スタッフへのリスペクトや感謝は度外視され、ただの駒とされる。そのような職場環境では仕事にやりがいを見いだせず、心が貧しくなり、その結果入居者にやさしく接することができなくなる、という悪循環を生み出します。

しかし、私が考える老人ホームは他者との差別化を図りコンセプトを明確にしました。この地域にないものを作る、施設には見えないみんなのおうちのような温かな安心できる雰囲気作りです。最期まで自分らしく暮らすことを諦めない施設「くらしハウスむすび」です。開設前から予定満床で現在も待機者が13人。最近では介護度はついていないけれど、いずれ必要になったときに順番が回ってくるように、元気なうちからお申込みいただくこともあります。自分の老後の過ごし方は自分で決めておく。とてもすてきだと思います。「入所したい・入所させたい」選んでいただける運営をすることで、理想とする介護をし、実利を得ることができているのです。結果はあとからついてくる、そんなところだと私は思っています。

のちに金融機関の担当者さんは「小規模でも実際はできちゃうんですね。大きいのが当たり前でそうでなければ成立しないと思っていました」と驚いていました。

中古住宅をリフォームしたくらしハウスむすびが好評だったので、「次は何かしたいことはありませんか？」と金融機関の担当者さんに言われたとき、一から新築で有料老人ホームを作ろうと考えました。より温かく安心できる環境をと、完全木造住宅にこだわりました。それが２０２２年11月オープンの住宅型有料老人ホーム「かなえるハウスむすび」です。

完全木造住宅の老人ホームはこれまで前例がなく、岐阜県の担当者や所轄の消防署からは、防火対策として一部に不燃材を使うことを強要してきましたが、私が直接掛け合いにいって粘り強く交渉した結果、従来型のスプリンクラーを大口径化するということで、なんとか完全木造で建てることができました。こちらは最大12床です。こちらも事前に施設のコンセプトを関係者に周知したおかげで、すぐに予定満床になりました（現在43人待ち）。

プロジェクト進行中の「むすびの手」と「ファミリーホスピス」

私たちの新たな展開として、いま2つのプロジェクトが進行中です。

一つが「一般社団法人むすびの手」の設立です。こちらはすでに2024年8月8日に設立しました。これは人助けのための非営利団体で、基本的には善意の皆さんから寄付金を募り、その資金を使って、さまざまな人助けを行っていきます。ホームページには、「ココロとカラダと制度の貧困をなくすため、手を差し伸べよう」のキャッチフレーズで、非営利型一般社団法人と紹介させてもらいました。

今、私たち日本の社会には、医療保険や介護保険などの公的制度では救えない、いわばグレーゾーンにいる人があちこちに存在します。さまざまな理由で生きづらさを抱えている人、ご飯が食べられない人、住むところがない人、住むところはあっても冷暖房が使えない人、お金がなくて生理用品が買えない人など。そんな、制度の隙間で困っている人たちを、皆さんの善意で助けていこうというのがこの団体の趣旨です。

私自身が、お金がなくて生理用品の交換頻度を少なくし節約した経験があることから、生理用品無料配布プロジェクトを実施しています。現在は、美濃加茂市内に4カ所生理用品無料配布スポットがあり、誰でも手に取りやすい環境作りに取り組んでいます。隣の可児市でも生理用品無料配布スポットを募っており、関係各所と話し合いを進めている段階です。将来的には、学校単位で支援できることを目標にしています。女性特有の生理による症状以外でのストレスや不安をなくし、フェムケア×生理の貧困の解消に取り組んでいきます。ただ生理用品を無料配布するだけでなく、公式LINEでいつでも悩みごとを相談できる体制も整えています。借金、DV、離婚、シングルマザー等、さまざまな体験をした私だからこそ相談に乗れることがあるかもしれません。行政や公的な窓口への相談はハードルが高いので、気軽に相談できる窓口を作りました。「むすびの手」の最終目標は誰もが集える居場所「曼荼羅結庵」を作ることです。ここには誰もが出入りでき、思い思いに過ごすのも自由。不登校の子どもが通う場所になってもいい。ひとりでのご飯がおいしくないお年寄りが通ってもいい。たまには宿泊してもいい。災害時には福祉避難所になる機能を有した居場所です。実現までに何年かかるかはわかりませんが、言霊としてここで皆さんにお話しすることで、より実現可能になったと信じています。

もう一つのプロジェクトが、ファミリーホスピスの開業です。

今、自宅で死を迎えたいという末期がんの患者さんが増えています。訪問診療、訪問看護、訪問介護のサービスを上手に組み合わせれば、確かに在宅療養が可能で、自宅で死を迎えられる確率も高まります。しかし、患者さんが自宅で終末期を過ごす場合、家族に迷惑がかかるのを恐れて、ベッドからあまり動かないケースをよく見かけます。本心では、気分がいいときには散歩に出かけたり、キッチンで料理を作ったり、絵を描いたり、大画面で映画を見たり、音楽を聴いたりと、いろいろなことをしてみたいと思うはずです。しかし、そうするためには、点滴や酸素等付属品が多く、何かあったらどうしようという不安や、家族に迷惑がかかるという心配が邪魔をします。40代50代の末期がんの患者さんを受け持つとき、私だったらどう過ごしたいかより深く考えるのです。

私なら残された時間を大切に過ごしたい、自分らしく過ごしたい、妻として、母として、友人としての役割を維持したいと思うのです。

「終わりよければすべてよし」という言葉のように、人はそれぞれさまざまな人生を歩むけれど、人生の最期くらいは、安心できる環境でその人らしく過ごし、穏やかな時間の中で幕を閉じてほしいと思うのです。これはきっと、母を含め私が今まで関わらせていただき看取ってきた方たちからのメッセージでもあると感じています。私はいつも看取りのたびに誓うのです。「関わらせていただきありがとうございます、あなたに恥じない私でいます。決して努力は怠りません」と。

「ファミリーホスピスつながるハウスむすび」は2024年10月1日に開設しました。こちらも現時点で満床です。人と人とはつながっている。便利になった現代、人と人との関係性は希薄で家庭内でさえも会話がなく、人とのコミュニケーションが苦手な人やストレスに弱い人が増えてきました。そんな中でも、人間が元来欲しているのは、人のぬくもりややさしさや温かさであると思います。人は誰かのために何かするときのほうが、自分のためよりもパワーが出ます。それはこの世に生まれ落ちた以上は、自分自身が存在する意味を探しているからだと私は思います。自分の行動が誰かのためになった時、目の前のその人の笑顔が見られた時、ありがとうと心からの感謝を受け取った時、なんともいえない幸福感と充実感、やりがいを感じるものです。

つながるハウスむすびは、入居される方が穏やかに幸せに余生を過ごす仕掛けがいくつもあります。青森のヒバの木の浴槽は、天然の化粧水ともいえるような柔らかい湯となり保湿効果も抜群です。いままで訪問入浴を利用していた患者さんも私たちスタッフの手で入浴します。ホスピスなので基本食事はありません。ですが食べられるときはおいしいものを。ホスピス内にはかまど部屋があり、かまど炊きご飯を薪をくべて作ります。塩こうじや醤油こうじでつけたお肉や魚、ぬか漬け、汁物などを提供します。カウンターバーには日本酒やワイン、シャンパン、焼酎など、さまざまなお酒が並んでいます。たまにはほろ酔いになりたいとき、自由に飲んでいただけます。居室内には1畳分の畳を用意しており、ご家族がごろ寝したり、宿泊したりすることも可能です。開設してほどなく、ある入居者さんが昼食中に言いました。「何年ぶりに食卓を囲んだろう。本当に家族みたいだ」と。私はその言葉に感動を覚えました。それこそが私が目指すホスピスの形であったからです。血縁関係はなくても、たまたま出会っただけでも、人と人との出会いにはすべて意味がある、そう思います。

人が一生のうちに出会える人はどれくらいでしょうか。看護や介護という仕事は、他人の人生の一部を垣間見、人生の一部に参加させていただく仕事です。家族のように寄り添い、全身全霊で関わったとき、私の人生の引き出しは増え、1回の人生以上の経験をさせてもらえます。関わるすべての人へ感謝をし、人間力を高め続けていく。それこそが人生だと私は思います。

第7章

どんな絶望からでも立ち上がれる

夢や希望をあえて言葉に出す

私は45歳の今日に至るまで、数々の悲劇的な出来事や凄惨な修羅場を経験してきました。一般的な観点からいえば、つらく苦しく不幸な半生だったと思います。何度も心が折れそうになり、事実、これまでに2度心が折れました。それでもなんとか今日まで生きながらえ、愛する夫と、父親がそれぞれ違う3人の子どもと暮らし、大好きな仕事仲間に囲まれ、今は幸せだと心から感じています。

私がこれまでに何度も逆境を跳ね返し、絶望から立ち上がることができたのは、もしかすると、私の思考パターンや行動パターンが功を奏したのかもしれないと考えています。例えば、私の行動パターンのひとつに、「夢や希望をあえて言葉に出す」というものがあります。

これは、私が夜のお店に勤めていた頃に培ったものです。当時は、「若いうちから着物を着こなせるようになり、自分をより高めて、より高尚なお客さんの相手ができるようになりたい」という夢をお客さんに語ることで、お客さんに応援してもらうということをしていました。当時から「自分で信じて言葉に出せば、いつか実現する」と信じていた部分もありますし、ただただ言霊を信じて実行していたともいえます。

その後、和歌山県の古座川町に引っ越して看護師になろうと思ったときも、病院で看護助手のアルバイトをしながら、「私、看護師になりたいんです」「2年後には看護学校に入学します」と、会う人会う人に話していました。そうやって、「あとには引けない状況に自分を追い込み、プレッシャーをかける」ということをしながら、「自分自身に言い聞かせ、脳の深い部分にまで刷り込む」という効果も期待していました。一般的にも、「夢を言葉に出せば夢はかなう」みたいなことがいわれ、成功した有名人もしばしば言明していますが、それはひとつの真実だと思います。

どんなときにも「大変」とは思わない

看護学校時代、まだ10代の同級生たちは、「宿題と課題がなかなか終わらなくて大変」

「看護実習がキツくて大変」など、ほとんど毎日、大変大変と繰り返していました。しかし、自分で「大変だ」と口に出してしまうと、自分自身に対して「いまは厳しく苦しい状況」と刷り込み、言い聞かせてしまうことにもなります。そうなると、現実を実際以上に「大変だ」と認識してしまい、気持ちが萎縮し、モチベーションが低下し、後ろ向きになり、マイナス思考に陥り、状況をさらに悪化させかねません。そこで、看護実習を控えた若い子たちが大変大変と言っていたら、「大変って言っていたら、本当に大変になるよ。大変なのは私たちじゃなくて患者さんじゃない？」と諭すようにしていました。

一方の私は、それが習性になっているのか、あるいはそういう思考回路をすでに獲得しているのかはわかりませんが、大人になってから「大変だ」というフレーズを使った記憶はありません。人生のある時期から、通常なら「大変だ」と言いそうなところを「面白い」「楽しい」「ありがたい」「感謝」「幸せ」と言い換えるようにしてきました。例えば、「こんなに仕事があって感謝！」「明日は朝から予定ギュウギュウでありがたい！」というように。

最近では、誰かが「大変」と言っていたら、次のように返すことが増えました。

「大丈夫、命までは取られたりしないから」

私がこの人生を生きていくうえでの最大のテーマは「人生は面白い！」だからです。付き合っている男性に顔面が変形するほどのDVを受けても、自分の母親がマンション6階から飛び降りても、基本的には「次はそうきたか！　面白い！　乗り越えてやろうじゃないの！」と思うのです。不謹慎だと眉をひそめる人もいるかもしれません。しかし、良いことも悪いことも、喜ばしいことも悲しむべきことも、いろいろあるからこそ、人生は退屈しないし面白いのです。私はこうすることでしか絶望の壁を乗り越え歩み続けることができなかったのだと思います。私は根本のところでそう思っているから、これまで数々の試練を乗り越えてこられたのだと思っています。

自分のルーツは子どものときから正確に知っておく

私の3人の子どもは、それぞれ父親が違います。長女は私が19歳のとき、最初の主人との間に生まれました。長男は私が23歳のとき、DV男との間に生まれました。次男は私が33歳のとき、今の主人との間に生まれました。私はそうした事実を、子どもたちが小さい頃からそれぞれに伝えています。たとえ子どもでも、自分のルーツ、自分の出自は正確に知っておく必要があると思っているからです。

こうした考え方は、私自身の体験から来ています。私は自分が中学3年生になるまで、母も私もかつては韓国人であり、父が実の父親でないことを知りませんでした。生まれてから15年間も真実を隠され続けてきたことはとてもショックで、そこから私はグレて不良少女になりました。私が自分の人生の階段を踏み外してしまったとすれば、最初に踏み外したのはあのときでした。自分の子どもには、つらい事実も自分自身で受け止め乗り越えていける力をつけてほしいので、それぞれの出生については包み隠さず話すようしています。

もし、私の子どもたちが、自分の出自を知ったことで悩み苦しんだとしても、それは彼女自身、彼自身の問題であり、彼ら自身で解決すべき事柄です。私が常々思っているのは、「乗り越える力は、何かが起きたときにしか出てこない」ということです。別の言い方をすれば、「失敗や逆境こそが人を育てる」になります。

成功続きの平穏無事な人生を送っている人には、なかなか学びの機会は訪れないのではないかと思います。もちろん、成功体験を重ねて自信をつけ、自己肯定感を高めることも必要です。しかしそれだけでは、特にリスクマネジメントやトラブルシューティングの能力は育ちません。人は失敗することで学ぶことがあるし、逆境に立ち向かうことで人生の引き出しが増え、生きる力を高めることができる。少なくとも、私はそう信じて生きてきました。だから私の子どもたちにも、普通ではあり得ない出自という逆境も、ぜひ自分自身の力で乗り越えていってほしいと願っています。

判断基準はかっこいいか、かっこ悪いか

私は現在、結ホームナーシング合同会社の代表を務めていて、訪問看護事業、訪問介護事業、居宅介護支援事業（ケアマネージャー）、住宅型老人ホーム事業を統括し、38人の従業員を雇用しています。従業員のうち4人は身内（夫・娘・娘婿・父）ですが、

特別扱いは一切していません。

私たちのように看護・介護分野に関わる事業所では、家族経営のところが少なくありません。そしてその多くの事業所は身内を厚遇し、名ばかりの重役や管理職に就かせて高給を取らせています。一般の従業員はそのあおりを受け、どんなに働いても給料は上がらないし、納得のいく金額のボーナスも受け取れていません。そういった事業所が多いからこそ、看護や介護の仕事は他の業種に比べて賃金が低く、離職率が高く、結果的に慢性的な人手不足に陥っています。

私は、身内を厚遇するそうした事業所は「かっこ悪い」と思います。私が生きていくうえでの美学として、かっこ悪いことはしたくありません。だから、うちの会社では、身内を厚遇することはしません。そのほうが「かっこいい」からです。

私は、何かに関して判断を迷ったとき、それがかっこいいか、かっこ悪いかで判断します。それがかっこよければ実行するし、かっこ悪ければ実行しません。一見、判断基準が曖昧なようにも見えますが、個人の美意識に関わるこの判断基準は意外にぶれたりしないものです。

ときどき、私自身に対する悪口や悪意のある噂話が聞こえてくることがあります。例えば、「むすびの社長は、パトロンがいるらしいよ」とか。もちろん、そんなものは根も葉もない作り話だし、ときには名誉毀損に該当するほど悪質なものもあります。しかし私は、そんな悪口に対して怒ったりしません。むしろ、誰が言ったのかはわからなくても、「悪口を言ってくれてありがとう」と感謝したいくらいです。あなたの貴重な時間を割いて、私のことを頭に浮かべ、私に対する悪口で命の時間を割いてくれたのだから、素直に感謝すべきだと思います。これは皮肉ではなく、本心として言っています。悪口に対してお礼を言えるくらいになれば、人生にはもう怖いものはありません。

私の力になってくれるつもりはありますか？

2022年11月オープンしたかなえるハウスむすびは、高齢者施設には珍しい完全木造建築の住宅型有料老人ホームです。オープン当初、建物内にはすがすがしい木の香りが漂い、やはり完全木造建築にして良かったと、スタッフ同士で確認しあいました。

かなえるハウスむすびは、私たち結ホームナーシングが初めて更から建設した老人ホームですが、建築確認申請の段階では、所管する岐阜県や消防署と相当もめました。木の香り（フィトンチッド）には精神を安定させる効果や血圧を下げる効果があるといわれており、私は、どうせ建設するなら、ぜひ完全木造建築にこだわりたいと考えました。ところが、岐阜県や消防署によれば、完全木造建築の高齢者施設は前例がなく、耐火性の面で問題があるため、確認申請は受け付けられないというのです。そして、一部に不燃材を使用するなら、建築確認を出してもいいということでした。

しかし私は、あくまで完全木造建築にしたかったのです。その少し前に知り合った地元の工務店さんが手がける完全木造建築が素晴らしいので、そのクオリティで施設を造りたかったのです。岐阜県と消防署に何度も掛け合いましたが、「前例がない」「耐火性が担保できない」の一点張りで、らちが明きません。そこで私は言いました。

「前例がないのはわかりましたが、では、前例がなければ本当に造れないのでしょうか。役所は私たち市民のために仕事をしているのだと思いますが、私の力になってくれるつもりはありますか？　私という市民が、完全木造で高齢者施設を建てたいと言っている。

だったら、どうすればそれが可能になるのか、一緒に考えてほしいのです」

その後、「建物内に設置するスプリンクラーの容量と管の口径を大さくすれば、完全木造でも高齢者施設を造っていい」とのお墨付きをもらい、無事に建築確認が下りました。全体を通してみると、「私の力になってくれるつもりはありますか」というキラーフレーズに相手がきちんと反応してくれた結果だと思います。市役所などの公的機関が個人の相談になかなか乗ってくれないとき、この言葉は現状を打開する魔法の言葉になってくれる可能性があります。公務員はもともと、市民に貢献し市民の力になることが仕事なので、「力になってください」とお願いすれば、公務員としては心を動かされ、現状が好転するかもしれません。

誰かに助けられた私だから、今度は誰かを助けたい

私はこれまでいろいろな人に助けてもらってきました。例えばシングルマザー時代、2人目を妊娠中に無職になってしまったとき。その頃は風呂なしアパートに私・高校生

の妹・4歳の娘の3人で暮らしていて、明日の食事代にも困るほどでした。そんなとき、妹の担任の先生が、退職金の中から100万円を私たちにプレゼントしてくれました。また、夜のお店で働いていたときは、常連さんやパトロンさんから、相当な金額の支援や援助をいただきました。のちに豪雨水害で家財道具一式を喪失したときは、かつての常連さんから見舞金をいただきました。その他、交際していた暴力団員が逮捕されたときに「逃げなさい」と言ってくれた刑事さん。看護学校時代にも、看護師になってからも、多くの医療関係者や介護関係者、患者さんやそのご家族と、本当にいろいろな方に助けていただいています。いくら感謝しても感謝しきれません。助けてくれた方一人ひとりに直接お返しはできないけれど、その分、今度は別の誰かを助け恩送りをしたい。その思いで今日まで生きてきました。それこそが、この世に生まれてきた私の使命だと今は考えています。

振り返ってみれば、私は最愛の母を助けてあげられませんでした。でも母は、そんな私を許してくれていて、「私の代わりに、今困っている人たちを助けてあげなさい」と言ってくれています。ときどき本当に、亡くなった母の存在を身近に感じるときがあるのです。

この仕事はたくさんのパワーをもらえる仕事

訪問看護の事業を立ち上げて4年半、訪問介護の事業を立ち上げて3年が過ぎ、この間、数十人の方の看取りをしてきました。亡くなりかたは本当に人それぞれで、志半ばで亡くなる人もいれば、ご家族の愛情に恵まれずに亡くなる人もいます。そのお一人お一人に対して、私はいつも心の中で、次のように話しかけています。

「今日までありがとうございます。あなたが抱いているさまざまな思いをパワーに変えて、私が次の人に届けます」

看取りするときだけではありません。訪問看護で患者さんに「ありがとう」と言われるときも、訪問介護で「また来てね」と声をかけられるときも、本当にたくさんのパワーをもらえます。この仕事を続けていれば続けているほど、パワーが自分に蓄積していき、自分がパワーアップしているのを実感します。このパワーは人様からいただいたものだから、私以外の誰かのために使わなければなりません。そう思うと自然に「よし、命の時間を大切に使おう。精一杯今日も仕事をがんばろう。私が関わるすべての人に、パワーのお裾分けをしよう」という気持ちになるのです。

絶望がずっと続くことはない

私はこれまでの人生で、何度も絶望を経験しました。絶望に大きい小さいはないはずですが、私が経験した最大の絶望は、母に飛び降り自殺をさせてしまったことです。母がマンションの6階から投身自殺を試みたと警察から連絡をもらったときの衝撃は、今思い出しても震えがくるほどです。それまでに母は何度も自殺未遂を繰り返していて、共依存の娘である私としては、母になんとか自殺を思いとどまってもらおうと、できる限りのことはしてきました。名古屋から大阪まで、何度タクシーを飛ばして駆けつけたかわかりません。しかし、その努力のすべてが無駄だったと知ったときの絶望は、底が見えないほど深く、すべての光を呑み込んでしまうほどどす黒く、そこから一生抜け出せないように思えました。今だから明かしますが、あのとき、私が後追い自殺を試みたとしても不思議はありません。それほど、あの絶望の闇は深かったのです。

しかし幸いなことに、私には私を支えてくれる人がいました。もし、今の主人が私にやさしく手を差し伸べてくれなかったら、私は絶望の淵から滑り落ち、そのまま二度とこちらの世界に戻ってこられなかったかもしれません。その後は子どもたちや父や妹にも支えられ、生き残った母にも支えられ、名古屋から逃げていった先の古座川町の人々にも助けられ、私は絶望の淵から生還できました。

あんなに深い絶望を経験したのはその一度きりでしたが、反社の男性と半同棲して毎日DVを受けていたときも、私は深い絶望の淵にたたずんでいました。幼い頃、母に邪険にされたときも、小学生で帯状疱疹や乳腺炎を患ったときも、中学時代に行きたい高校を受験できなかったときも、父は実の父でないことを知ったときも、それぞれに異なる絶望が私を襲いました。本音をいえば、絶望に我が身を捕らえられているときは、それなりに悲しく、つらく、苦しかったです。それぞれの絶望を思い出すとき、今でも少し気を抜くと、自然と涙が湧き上がってくるほどです。

しかし、それぞれの絶望を経験するうちに、私は強くなり、そして学習もしました。

その絶望がどんなに深いものであっても、絶望がずっと続くことはなく、いつかは前向きに歩き出せる日が来ることを私は知っています。

目の前にある絶望の壁に押しつぶされそうになっても自分を失わないで、諦めないで。

「止まない雨はなく、明けない夜はない」という、よく知られた慣用句があります。それを今、私なりに言い換えるとすれば、次にようになります。

「止まない雨なんてなかった。だから、顔を上げ希望の種をまき続けよう」

この本の最後に、私がぜひ伝えたかった言葉です。

おわりに

普通ってなんだろう?と、ときどき思います。

若い頃からずっと「普通」に憧れてきました。最初に意識したのは、19歳で離婚してシングルマザーになった頃だと思います。高校を中退して、17歳で結婚して、18歳で母になって、19歳で離婚して……。この時点でアウトだと思いました。いわゆる普通の女の幸せからは、すっかり外れてしまったな、と。もう「普通」に戻れないことは自覚していたので、外れたなら外れたなりに、こっちの世界(普通じゃない、いわゆる水商売の世界)でがんばって上を目指そうと思いました。

それから、普通じゃない世界でいろいろなことがあって、女であることを武器に、名古屋の一等地で自分の店を持てるようになり、夜の世界では、ある程度てっぺんに近い位置にまで上り詰めることができました。

そんなとき、きわめて「普通」の男性と知り合います。中小企業のサラリーマンで、お金はそれほど持ってないし、特にかっこいいわけでもない、私より13歳年上の平凡な中年男性。それまでの人生で最大の苦難は「離婚したこと」という、どこにでもいそうな男性です。しかし、私は出会った瞬間、「この人と再婚する」と確信したのでした。

私と共依存の関係にあった母は、この男の出現に激しく動揺し、嫉妬しました。「あの男とお母さんのどっちを取るの？」と迫られました。そのときは答えを留保しましたが、結果的に私はその男性を取りました。母はそれをきっかけに、マンションの6階から飛び降りました。

あのとき私は、「普通じゃない」母ではなく「普通」の男を選びました。この世の中で「普通」ほど尊く、得がたいものはないと信じています。

母の飛び降りをきっかけに私は水商売から足を洗い、普通の男性と再婚し、その後、普通に勉強して高卒認定試験、看護学校入学試験、看護師国家試験に合格し、今は普通に幸せな人生を歩んでいます。

看護師になって会社を設立し、訪問看護や訪問介護の仕事を始めてから、私は「自分のために」よりも、「誰かのために」のほうが仕事で何倍もパワーを出せることに気づきました。どうしてだろう?とずっと考えていましたが、最近ようやく、その答えが見つかりました。私が「誰かのために」がんばれるのは、「普通」であることのありがたさに気づいたからだと思うのです。

しかし、世の中の普通の人々は、自分が普通であることがどんなに幸運で奇跡的なことなのかに気づいていない方も少なくないように思います。「普通」では全然満足できず、もっとお金持ちになりたいし、もっと社会的地位や名声を得たいし、もっと幸せになりたい。だから、「自分のために」がんばるというスタンスです。

私は長い間普通じゃない世界にいたので、普通にご飯が食べられて、普通にお風呂に入れて、普通に家族と暮らせることがとんでもなく幸せだと身に染みて感じます。自分のためにがんばる必要はなく、むしろ、私を「普通」にしてくれた、数え切れないほど多くの人々の善意や恩情に報いたい。今目の前にいる人を含め、多くの「誰かのために」自分のパワーを出し切りたい。そう、心から思えるようになりました。そして、そう思えるようになった自分を誇りに思います。

「止まない雨はない」と言います。今、あなたの人生が激しい土砂降りに見舞われていたとしても、いつかその雨は止み、やさしい陽光が差し込んでくるはずです。私の場合、人生の大半がいつ止むとも知れぬ長雨だったからこそ、雨上がりのこの空気のすがすがしさをよりはっきりと感じ取れるのかもしれません。

私のこの普通じゃない人生の記録が、何かで思い悩んでいる読者の方の気持ちを少しでも解きほぐすことができれば、これ以上の喜びはありません。つたない文章を最後までお読みいただき、本当にありがとうございます。

2024年12月吉日

小栗由依（おぐり ゆい）

1979年名古屋市生まれ。

高校を中退し、17歳で結婚。翌年第一子を出産するも離婚してシングルマザーに。キャバクラ、クラブホステスなどを経て、24歳で第二子を出産、28歳で独立し名古屋・錦にラウンジを開業する。その後、母の自殺未遂を機に店を閉め、再婚して和歌山県へ移住。第三子を出産する。台風で豪雨水害に遭って全財産を失ったこと、母が寝たきりになったことから看護師になると決意し、35歳で和歌山県立看護学校に入学。卒業後、総合病院、クリニックなどでの勤務を経て、2020年結ホームナーシング合同会社を設立し、訪問看護ステーションむすびケアを開業。2021年には住宅型有料老人ホームくらしハウスむすび、ヘルパーステーションむすびを、2022年にはささえるステーションむすび居宅介護支援事業所、住宅型有料老人ホームかなえるハウスむすびを開業し、一人ひとりに寄り添ったケアを行う。

本書についての
ご意見・ご感想はコチラ

止まない雨なんてなかった
絶望から立ち上がった看護師の命と絆の物語

2024年12月19日　第1刷発行

著　者　　小栗由依
発行人　　久保田貴幸

発行元　　株式会社 幻冬舎メディアコンサルティング
〒151-0051　東京都渋谷区千駄ヶ谷4-9-7
電話　03-5411-6440（編集）

発売元　　株式会社 幻冬舎
〒151-0051　東京都渋谷区千駄ヶ谷4-9-7
電話　03-5411-6222（営業）

印刷・製本　中央精版印刷株式会社
装　丁　　弓田和則

検印廃止

Printed in Japan
ISBN 978-4-344-94869-3 C0036
幻冬舎メディアコンサルティングＨＰ
https://www.gentosha-mc.com/